Inventons la paix

Al. G

Inventons la paix

Huit écrivains racontent

Librio

Inédit

SOMMAIRE

Préface

Parce que les livres ont le pouvoir que nous leur accordons, le pouvoir de plonger dans la conscience de chacun et du plus grand nombre, il était juste de consacrer un livre à ce rêve nécessaire et fou : inventer la paix.

Parce que les seules armes des écrivains sont les mots, et qu'avec des mots qui nous appartiennent à tous, ils disent nos rêves et nos blessures mieux que nous les ressentons, il était juste de demander à des auteurs que nous aimons de nous aider à inventer la paix.

Nous les avons invités et choisis pour leur humanisme et leur diversité. Les uns viennent des littératures de l'imaginaire, leurs écrits interrogent sans concession le futur que se prépare l'homme : Ayerdhal, Pierre Bordage, Jean-Claude Dunyach, Joëlle Wintrebert.

D'autres ont consacré toute leur œuvre à écouter et tendre la main à l'autre, le différent, l'être en souffrance, qu'il soit homme, femme ou surtout enfant : Andrée Chedid, Jacques Salomé, Christiane Singer.

Un autre encore redécouvre sans cesse et en toute chose, avec émerveillement, l'étincelle vivante qui nous donne raison d'exister : Philippe Delerm.

Aucun n'a inventé la paix. Cela nous appartient à nous, lecteurs. Mais ils ont su nous donner les mots qui nous convainquent que nous ne saurions, si nous renoncions à cette exigence, mériter le nom d'humain.

AYERDHAL

Scintillements

À Pierre Bordage,
une manière d'hommage
en hommage à la manière.

La guerre n'est pas une affaire de civils. Ils n'y connaissent rien, ils n'y comprennent rien, ils n'en apprendront jamais rien. Je le sais, j'en suis un.

Ce fut pourtant moi que le Sénat dépêcha dans le système de Trence, alors qu'il appartenait aux Batiks et que nous étions en guerre contre eux depuis... mon Dieu ! depuis bientôt six cents ans. Depuis qu'ils ont exterminé les soixante mille colons d'Erex.

Combien de victoires, combien de défaites, combien de millions de morts en six siècles ? Quelqu'un peut-il seulement avancer des chiffres qui soient plus que des estimations ?

Sur la Frange, nous avons perdu tous nos postes avancés et tous nos comptoirs, et nous les avons reconquis. Puis nous en avons reperdu quelques-uns, nous en avons grappillé quelques autres et nous nous sommes avancés dans leur espace. Système après système, de batailles en escarmouches, nous avons percé leurs défenses et nous avons dressé les nôtres pour qu'ils ne viennent pas porter le feu sur nos mondes.

Nous avons décimé des flottes entières et nous avons déploré la perte de plusieurs de nos armées. Nous avons combattu dans le vide. Nous avons combattu dans les airs. Nous avons combattu au sol, dans les villes, dans les forêts, dans les montagnes, sous les mers. Il nous a fallu grignoter parsec après parsec, unité astronomique après unité astronomique, mètre par mètre, sans être sûrs que nous n'aurions plus à les céder.

Nous avons pris neuf planètes à atmosphère viable, vingt-six à différents stades de terraformation et plus de mille stations biorégulées. Pourtant, nous ne savons toujours pas jusqu'où s'étend l'empire batik. Nous ignorons combien de systèmes il compte encore et lesquels sont des bastions importants. Les Batiks ne nous laissent jamais d'informations exploitables et ils s'arrangent pour évacuer tout individu possédant une culture astronomique avant que nous ne le fassions prisonnier. Leur civilisation ne semble pas favoriser la dispersion de certaines connaissances.

Nous ne savons pas grand-chose d'elle et le peu que nous savons tient davantage à ce que nous avons déduit qu'à ce que nos prisonniers nous apprennent. Il serait d'ailleurs plus exact de dire qu'ils ne nous apprennent rien et que nous n'avons trouvé aucun moyen de les circonvenir.

Cela découle de leurs systèmes de communication. Les batiks n'ont aucun organe auditif ou vocal. Ils ne sont pas réellement sourds, puisqu'ils perçoivent l'activité de plusieurs particules ondulatoires, et ils ne sont pas techniquement muets, puisque leur « cerveau » est capable d'en moduler certaines. Pour ne pas avoir à concocter un néologisme, nous avons convenu de nommer cela « télépathie », toutefois le langage ainsi que d'autres stimuli interactifs batiks sont véhiculés par des *agents* qui relèguent la télépathie de nos fantasmes au rang de vulgaire poncif.

J'avais rédigé plusieurs mémoires là-dessus et c'était en partie le sujet de ma thèse de doctorat, mais je ne suis pas à proprement parler un spécialiste de la télépathie batik. Je suis xénologue et, depuis la fin de mes études, mes travaux portent exclusivement sur les communautés descendantes des humains génétiquement modifiés pour la survie en milieu hostile.

En fait, je devais mon ordre de mission dans le système de Trence au parsec qui le sépare d'Orave, système sans monde viable et jadis batik dans lequel le Sénat venait d'implanter une communauté xénogène. J'effectuais là-bas des recherches sur les interactions entre cette communauté et le million de batiks qui résidaient encore dans trois stations biorégulées, capturées une décennie auparavant par notre flotte. Le Sénat avait estimé que le mois de transfert et la courte semaine de déficit temporel qui relient Orave à Trence justifiaient qu'on me préfère à un batikologue averti.

Il y avait urgence.

On ne me laissa pas souffler. On ne m'accorda même pas les trois heures de décompensation usuelles après un voyage en aconscience. Je fus tiré de la cuve cybergicale, réveillé aux amphétamines et conduit au poste de commandement dans le quart d'heure qui suivit mon arrivée, du moins celle du courrier qui m'avait transporté.

Je fus reçu par le général Geoff Lightner, commandant en chef de la sixième armée fédérale, assisté du général de division Belam et du lieutenant-colonel Lindholm. Tous trois m'accueillirent dans le salon de détente du poste de commandement du croiseur Leeri, un très gros croiseur qui n'a rien à envier à la plupart des vaisseaux amiraux. Ils se présentèrent brièvement, me firent asseoir dans un fauteuil de relaxation et s'installèrent eux-mêmes dans des sièges moins confortables. Il n'y eut pas d'entrée en matière.

— Désolé de devoir vous bousculer, professeur Edgin, attaqua Lightner, mais plus d'un mois s'est écoulé depuis que nous avons demandé l'assistance d'un xénologue et… enfin, vous comprendrez rapidement que nous ne tenons pas à perdre davantage de temps. Le Leeri stationne actuellement sur un point de Lagrange entre Trence 6, une jovienne hydrogène hélium, et Trence 6-14, son satellite le plus éloigné, que les batiks terraforment depuis probablement plusieurs siècles. 6-14 est davantage une petite planète qu'un planétoïde. Son atmosphère n'est pas encore respirable et sa climatologie laisse à désirer, pourtant la terraformation est tellement avancée que les Batiks ont pu stabiliser des régions entières en les isolant sous champs. Huit régions au total, dans lesquelles ils ont bâti autant de cités.

« Il nous a fallu seize mois pour nettoyer le système stellaire des engins batiks. Seize mois pendant lesquels nous avons laborieusement resserré notre étau autour de 6-14 avant de pouvoir en faire le siège. Au sol, les Batiks ont encore résisté huit mois. Je ne m'étendrai pas sur les problèmes que nous avons rencontrés. Il vous suffit de savoir que nous avons perdu beaucoup d'appareils et beaucoup d'hommes avant de pouvoir détruire leurs principaux systèmes de défense. C'était il y a cinq semaines. Greg ? »

Belam prit le relais de Lightner :

— Conformément à l'amendement Helmar, nous avons accordé cent heures aux Batiks pour déposer les armes. La proposition a d'abord été faite à l'échelle planétaire puis, indépendamment, pour chaque cité. J'ai personnellement veillé à ce que le protocole de reddition soit respecté à la lettre et le lieutenant-colonel Lindholm s'est assuré que notre ultimatum avait bien été compris.

J'intervins :

— Nous *supposons* que les Batiks décodent convenablement nos émissions maser. Nous n'en avons pas la certitude.

— Ils nous ont en tout cas retourné ce que nous considérons être leur accusé standard de réception.

— Qu'ils accusent réception du message ne signifie pas qu'ils ont compris le message.

— Professeur ! s'impatienta Lightner. Cela fait deux siècles que nous utilisons cette procédure et elle a toujours porté ses fruits !

— Sauf aujourd'hui... Je me trompe ?

Belam et Lightner échangèrent un regard, puis Lightner fit signe à Belam de répondre.

— D'une certaine façon, quelque chose n'a pas fonctionné, en effet. Nous souhaitons que vous découvriez quoi et pourquoi. À cette fin, le lieutenant-colonel Lindholm vous accompagnera sur 6-14 dès la fin de cet entretien. (Il fronça les sourcils et prit une voix plus grave :) C'est sûrement inutile, professeur Edgin, mais je me dois de vous rappeler que nous sommes en guerre et que tout ce que vous verrez ou apprendrez ici est classé secret-défense. À l'exception de nous trois et de la commission sénatoriale à laquelle vous remettrez vos conclusions, personne... pas même un de mes officiers... n'est habilité à vous entendre sur le sujet. Avez-vous des questions,

J'en avais tellement qu'il était inutile d'en poser une seule, du moins pas avant de voir ce qu'ils avaient pris grand soin de me taire dans le but, j'imagine, de ne pas m'influencer.

J'entendis pour la première fois la voix de Lindholm lorsque la navette, dont nous étions les seuls passagers, s'immobilisa.

— Nous sommes dans un hangar accolé au champ batik d'une des régions stabilisées.

— Bien, fis-je.

Nous avions voyagé en aveugle dans un compartiment sans hublot de la navette. Je n'avais même pas vu le pilote, isolé dans son cockpit.

— La navette nous attendra ici, le pilote ne quittera pas le hangar.

— Secret-défense, commentai-je.

— Prévention sanitaire. Vous savez, professeur, pour les hommes engagés dans cette guerre, le secret-défense est un classement de principe. Et ici c'est carrément un secret de Polichinelle.

Je haussai les sourcils. Il haussa les épaules.

— Vous comprendrez.

La portière de la navette coulissa. Nous en descendîmes et traversâmes le hangar, immense, opaque et mal éclairé, vers une porte blindée.

— C'est un sas abiotique. Il permet de préserver la biosphère batik de notre générateur d'air. Les deux atmosphères ne sont pas très différentes, mais notre hangar n'est pas parfaitement isolé de 6-14 et nous préférons laisser aux biologistes la prérogative de jouer avec les micro-organismes.

À l'élasticité de nos foulées et à ma sensation de légèreté, j'évaluai la pesanteur de 6-14 à un peu plus de la moitié de la pesanteur terrestre. Elle était en réalité de 0,76 g.

Dans le sas, pendant que les rayons abiotiques nous nettoyaient de la plupart des micro-organismes, nous nous dévêtîmes et enfilâmes des combinaisons isolantes. Puis

Lindholm vérifia que mon masque était correctement positionné et ajusta le sien.

— Ce sont des respirateurs légers. Ils servent surtout à filtrer les molécules indésirables. Ils occasionnent une faible gêne, mais, si vous préférez vous en passer, ce sera sans dommage.

Je ne lui demandai pas pourquoi nous prenions une précaution inutile. Le peu que je savais des militaires m'inclinait à penser que, à défaut de dommage, le respirateur nous préserverait de menus désagréments. Il dut suivre un raisonnement parallèle au mien :

— Toujours aucune question, professeur ?

J'avais déjà remarqué que le respirateur étouffait à peine sa voix, je constatai qu'il ne perturbait pas davantage l'élocution.

— Pas encore assez de matière pour en formuler, colonel.

— Agmar… ou Lindholm tout court, mais épargnez-moi le « colonel ». Il y a trois ans que j'en bouffe à tous les repas et le régime commence à me peser.

— Nostalgie du « civil »… Agmar ?

Il n'hésita qu'une seconde :

— Indigestion de militaires, professeur.

— Stoane… et mon seul titre est celui de docteur.

Aux ridules qui plissèrent le coin de ses yeux, je devinai un sourire. Ce fut furtif.

— Eh bien, docteur Stoane Edgin, je vous jure que j'aurais préféré vous rencontrer dans d'autres circonstances. Pour l'heure, j'espère que vous avez le cœur bien accroché.

Il pianota une série de chiffres sur un clavier mural et celui-ci s'ouvrit devant nous.

À environ cent mètres de nous, il y avait un lac d'un gris d'ardoise à peine moins sombre que le ciel au-dessus de nos têtes. Une forêt bordait le lac sur presque tout son périmètre, sauf sur les quelques hectares qu'occupait la cité batik, sur la rive qui nous faisait face. Celle-ci était trop éloignée pour que je distingue plus qu'une poignée de bâtiments, mais elle semblait suffisamment vaste pour abriter plus de cent mille individus.

Je n'eus pas le temps de m'attarder sur le paysage et encore moins celui de détailler les essences que je voyais. D'abord, Lindholm m'entraîna d'un pas décidé sur la pente douce qui rejoignait le lac. Ensuite, j'aperçus mon premier cadavre et j'eus du mal à détourner mon regard de la masse grouillante qui le recouvrait.

— Les Batiks ne se décomposent pas vite, m'apprit Lindholm, les micro-organismes vraiment friands de leurs cellules sont plutôt rares. Mais celui-ci est à l'air libre depuis un mois et... bref, il n'est pas très joli à voir.

J'ignore pourquoi, mais ni cette dépouille, ni les onze suivantes, près de l'appontement, ne me répugnèrent. Je ne fis rien pour m'en approcher, néanmoins, et Lindholm s'arrangea pour les éviter largement. Cela lui fut d'autant plus facile que, contrairement aux deux embarcations batiks, l'hydroglisseur militaire n'était pas amarré au ponton.

Nous embarquâmes et le lieutenant-colonel mit le cap sur la ville. Nous conservâmes le silence durant toute la courte traversée et ce fut de nouveau lui qui le brisa, quand nous accostâmes au bout d'une jetée contre laquelle ballottaient une dizaine de bateaux batiks.

— Vous ne vous en rendez pas compte, mais vous êtes déjà en état de choc, Stoane, et cela ne va faire qu'empirer. Lorsque vous le désirerez ou lorsque vous ne parviendrez plus à contrôler vos émotions, je vous injecterai un tranquillisant.

— Vous êtes médecin ? demandai-je avec un soupçon involontaire d'agressivité.

— Psychiatre. C'est d'ailleurs la seule raison qui me vaut l'honneur de vous accompagner.

J'encaissai.

— Et à quels signes saurez-vous que je décroche ?

— Tremblements ou hébétude, cela dépend de vous.

— Et si vous-même vous mettez à...

— Je suis sous psycholeptique depuis une heure.

— Ah. (Je fis la moue.) Pourquoi ne pas m'avoir proposé avant de...

— Nous ne souhaitons pas altérer votre jugement.

Je ne décrirai pas la ville batik, les images que j'en conserve sont partielles ou floues. Il me semble que cette ville n'était pas différente de celles que j'avais visionnées en holo, mais je n'en jurerais pas. Les rues, en tout cas, étaient recouvertes d'une matière à la plasticité étonnante. Cela, je m'en souviens bien, parce que je suis tombé de tout mon long dessus et que mon évanouissement ne fut pas provoqué par la chute.

Par rapport à ce que je découvris ensuite dans les bâtiments, je ne vis que peu de cadavres dans les rues, sauf au pied de deux tours ovoïdes qui se faisaient face au centre de la cité. Là, ils s'entassaient littéralement en une masse de chairs boursouflées et fourmillantes de larves et d'insectes. Plus que cette vision répugnante, ce fut l'odeur, malgré le filtre, qui déclencha ma réaction nerveuse et me fit perdre conscience.

Ma syncope ne dut pas durer plus de quelques secondes. Les militaires et le Sénat me voulaient efficace à travers eux, et la pharmacie de Lindholm ne se composait pas que de psychotropes. Même si j'eus dès lors la sensation de marcher en dehors de mon corps, le cocktail qu'il m'injecta me rendit l'essentiel de mes facultés.

Lorsque j'émergeai, le psychiatre était accroupi devant moi, le regard navré. Je me redressai et vis l'amas de dépouilles derrière lui. Ma réaction fut molle mais instantanée.

— Bon sang, Agmar ! Pourquoi n'avez-vous pas incinéré ces malheureux ?

Il ne répondit pas tout de suite et j'eus nettement l'impression qu'il faillit me révéler quelque chose. Mais il avait une trop grande maîtrise de lui-même pour se laisser aller à un impair ou à des confidences.

— Pour que vous les découvriez en l'état.

Sans les médicaments, je lui aurais vomi dessus. Au lieu de cela, je le laissai m'aider à me relever et je le contournai pour m'imprégner une nouvelle fois des corps gisant à quelques mètres de nous. C'était moins pour tester l'efficacité des tranquillisants que pour m'assurer que je n'oublierais jamais ce charnier.

— Ils sont en meilleur état à l'intérieur, laissa tomber Lindholm.

— Pourquoi ? Ils sont vivants ? ironisai-je.

Le regard qu'il me décocha n'était pas un reproche, juste un agacement.

— Non, mais les nécrophages n'ont investi que leurs organes internes et certains sont encore indemnes.

— Parfaitement morts, mais indemnes, c'est ça ?

Sans les psycholeptiques, je pense qu'il m'aurait frappé.

— C'est aussi dur pour moi que pour vous, docteur Edgin. Souhaitez-vous être accompagné par quelqu'un d'autre pour poursuivre vos recherches ?

Je restai stupide.

— Écoutez, Stoane, reprit-il. J'ai deux mille soldats dans les diverses infirmeries de la flotte et cinq fois plus confinés dans leurs quartiers parce qu'ils sont incapables de reprendre leur boulot. Aucun d'eux n'est physiquement blessé, vous comprenez ?

Je ne comprenais pas, du moins pas au-delà de l'évidence, et cela se voyait. Il soupira :

— Venez.

Nous évitâmes finalement les tours, dont Lindholm m'apprit qu'elles étaient des bâtiments administratifs, et nous nous enfonçâmes dans la partie résidentielle de la ville.

Contrairement aux humains, les batiks construisent peu vers le haut et tous leurs habitats sont bâtis à l'horizontale. Sur aucun des mondes que nous avons pris, nous n'avons trouvé de *bâtiments* d'habitation, seulement des maisons individuelles clairsemées au milieu de jardins et de parcs. Leurs villes peuvent même s'étendre sur des dizaines de milliers de kilomètres carrés tant ils valorisent leurs quartiers résidentiels d'espaces verts. Nous supposons que la télépathie, par ses aspects pratiques (en termes de distance) et contraignants (absence d'intimité), est la cause première de cette utilisation « irrationnelle » de la surface. Nous supposons aussi que leurs nombreuses et titanesques entreprises de terraformation sont la conséquence de leur besoin d'espace.

6-14 ne dérogeait pas à la règle, chacune de ses cités occupait une superficie de plusieurs centaines de milliers d'hectares et aucune ne comptait cent mille habitants.

Lindholm me fit pénétrer dans plusieurs maisons, mais nous ne les visitâmes pas, pas vraiment. C'était comme s'il se contentait, en me dévoilant les corps sans vie, de me prouver que l'armée avait bien rempli sa mission. Il me traînait d'une pièce à l'autre, parfois en entrouvrant simplement une porte, et nous ressortions pour passer à l'habitation suivante, pour se contenter parfois de ne jeter qu'un œil à travers les fenêtres.

Je ne sais combien j'ai vu de cadavres. Des centaines ? Des milliers ? Je n'en ai pas la moindre idée. Je flottais dans un univers d'odeurs insoutenables et de visions abjectes. Je flottais dans mon corps, un peu au-dessus ou un peu à côté. Je flottais dans l'ouate abrutissante des psychotropes.

Puis je me suis réveillé, ou l'une des molécules chimiques a cessé d'agir.

Nous approchions une construction pyramidale d'une vingtaine d'étages, trônant au sommet d'une colline moins arborée que le reste de la cité.

— Le centre de contrôle du champ pour cette région, annonça Lindholm, en surface du moins. En sous-sol, les Batiks avaient enterré leur QG militaire. Ce n'est pas la première fois que nous rencontrons ce genre de configuration. Ils ont compris que nous ne pilonnerions pas le...

— Attendez ! le coupai-je en criant presque.

Je me retournai et, profitant de notre situation privilégiée au-dessus du lac et de la cité, je cherchai les inévitables dégâts qu'avaient provoqués les affrontements au sol, mais je n'en trouvai pas.

— Comment... demandai-je et je m'interrompis aussi sec pour me précipiter dans la maison la plus proche.

La porte d'entrée en était béante, mais intacte. Elle donnait sur un hall qui plongeait lui-même sur une pièce immense garnie d'une baie vitrée donnant sur un jardin propret. Un escalier descendait depuis le hall sur ce qui devait être la pièce principale de la maison. De la plus haute marche, je vis les quatre corps installés sur un canapé faisant face à la baie vitrée. Ils étaient assis, leurs crânes rejetés sur le dossier du canapé.

Je dévalai presque l'escalier et je me plantai devant les cadavres. Quatre adultes nus, les chairs encore « solides », le corps dépourvu de toute trace de violence. J'approchai la main pour en tourner un et l'examiner, mais je fus incapable d'achever mon geste. C'était... incongru.

— Poison, jeta Lindholm depuis le faîte de l'escalier.

Je levai la tête vers lui, incrédule. Il avait les deux mains appuyées sur le parapet du hall, les yeux fixes, et il ne me regardait pas. Son regard se perdait au-dessus de ma tête, à travers la baie vitrée et le paysage de bonheur tranquille qui avait été la dernière vision des quatre batiks.

— Poi... poi... bégayai-je.

Ses yeux revinrent sur les miens.

— Beaucoup se sont empoisonnés. Quelques-uns ont préféré se jeter du haut d'un bâtiment, se noyer ou se faire sauter la cervelle. D'autres se sont entre-tués ou électrocutés ou... gazés... ou...

Il serra si fort le bois de la rambarde que celui-ci craqua, puis il quitta la maison.

Cette fois je ne m'évanouis pas. Je tombai simplement sur le coccyx et je restai là, incapable de bouger un doigt ou d'aligner la plus brève pensée.

Je suis demeuré plus de deux heures le cul par terre, l'esprit aussi vide que celui des Batiks qui s'étaient offert une dernière contemplation de leurs vies avant de se donner la mort.

Non.

Ils avaient ingéré le poison *avant* de s'asseoir dans le canapé et ils avaient attendu, en pleurant sûrement, à leur manière de Batiks, que le jardin sous leurs yeux s'éteigne à jamais.

Assis sur une marche, Lindholm m'attendait sous le porche ceignant le bâtiment pyramidal. Je m'installai à côté de lui et j'attendis qu'il parle.

— Tu as fini par remarquer qu'il n'y avait pas de traces de combats, c'est ça ?

Je hochai la tête.

— Et tu t'es demandé si tu avais vu des blessures sur les Batiks... Certains en ont, qu'ils se sont eux-mêmes infligées ou qu'un de leurs semblables leur a causées. Peu, dans l'ensemble... moins d'un pour mille.

— Ils... ils sont tous morts ?

Lui aussi hocha la tête : certains mots sont difficiles à prononcer.

— Combien ? insistai-je.

Il ferma les yeux.

— Près d'un million... Nous n'avons compté que ceux de cette région et nous nous sommes contentés de vérifier qu'aucun Batik n'avait survécu dans les autres.

— C'est épouvantable.

Il rouvrit les yeux et se releva.

— C'est pire qu'épouvantable, Stoane. C'est l'acte le plus dément de... Putain ! Tout un monde s'est donné la mort ! Tu comprends ça ? Bordel de merde ! Tu comprends ? Un million de types, qui ont défendu leur planète bec et ongles pendant deux ans, se sont suicidés en cent heures ! Ils se sont... Ils ont même tué leurs gosses !

Il tendit le bras vers le lac.

— Il y a une espèce d'école là en bas, un truc énorme. Nous y avons dénombré huit mille cadavres. Moins de cinq pour cent d'entre eux étaient adultes.

Il n'avait pas besoin d'être psychiatre pour sentir mon abattement, et je n'étais pas simplement abattu. Il se calma :

— Désolé. J'aurais de loin préféré ne pas avoir à faire porter cette croix à quiconque, mais nous ne pouvons pas nous contenter d'enregistrer cette folie dans un rapport. Tout militaires que nous sommes, nous ne respectons pas que l'amendement Helmar, Stoane. Nous respectons l'adversaire pour le soldat qu'il est et nous respectons les civils avec autant d'égard que s'ils étaient les nôtres. S'il s'agit d'une psychose collective, d'un ordre subliminal ou des conséquences de je ne sais quelle croyance religieuse, nous devons le connaître. Et c'est ton job.

Oui, c'était mon job. Collecter les informations, les trier, les mettre en équation, les analyser. Et comprendre. Mais qui étais-je pour espérer comprendre un million de Batiks qui... Qui quoi ?

Je me levai à mon tour.

— Depuis sept siècles, des dizaines de milliers de xénologues ont consacré leur vie à l'étude de la civilisation batik, Agmar. Or ni pendant la brève période de tolérance réciproque, ni depuis, nous n'avons fait la moindre avancée significative. Le peu que prétendent connaître nos meilleurs batikologues ne repose que sur des assimilations anthropiques. Notre ignorance est telle que, sur chaque monde que nous leur avons enlevé, nous les parquons dans des réserves où nous ne prenons même plus la peine de les visiter. Il n'y a aucune collaboration, aucun échange, aucune négociation entre nos deux civilisations, et les seuls protocoles que nous avons réussi à instaurer sont militaires. Je veux bien faire mon job, comme tu dis, mais, à part des cadavres, sur quel matériau veux-tu que je travaille.

Il pointa le doigt sur l'entrée du bâtiment pyramidal.

— Nous pensons qu'ils nous ont laissé un message.

J'étais sidéré.

— Vous... pensez ?

— Pour la première fois, ils n'ont pas détruit tout ce qui concerne l'astrographie. Ils nous ont d'ailleurs abandonné la totalité de leurs instruments en état de marche. Mais il y a plus... étrange. Ils ont créé un hologramme à notre intention : une représentation très précise de la galaxie, bien plus précise que celle que nous serions capables de réaliser.

Il passa devant moi et pénétra dans l'immeuble.

— Tu verras, dit-il.

Je le suivis.

Toute la pyramide était... mon Dieu ! C'était comme si elle s'était figée d'un coup. Comme si, alors qu'elle vivait son quotidien de la façon la plus banale, elle s'était éteinte en une fraction de seconde. Du sommet à la base du centre de contrôle du champ et à chaque niveau en sous-sol du QG, les Batiks étaient encore à leurs postes. Morts. Un peu asséchés, un peu amaigris, mais tous si bien conservés qu'ils eussent simplement pu être cryogénisés.

— Ils se sont servis du système d'aération pour diffuser un gaz, expliqua Lindholm. Ça les a tués instantanément, comme ça a tué tout organisme. Ils sont momifiés.

Il était plus à l'aise que moi, bien sûr (il n'avait pas de frissons et il ne passait pas son temps à regarder derrière lui), mais il n'aimait pas l'idée de devoir passer plusieurs heures dans ce sépulcre gigantesque.

J'eus l'impression de parcourir des kilomètres avant d'atteindre la salle de l'hologramme, mais ce ne fut probablement pas le cas, même si la base de la pyramide occupait une part importante du sous-sol de la colline. Nous y arrivâmes par un corridor débouchant au-dessus d'elle, sur un balcon qui en faisait le tour, mais dont nous n'apercevions qu'une infime partie, le reste se perdant dans le mélange d'ombres et de lumières généré par l'hologramme.

Pour avoir fréquenté nombre de stellariums 3D, j'avais déjà vu des restitutions impressionnantes de notre région galactique. Pourtant, l'hologramme batik me donna le vertige. Je ne saurais dire quel était le volume de la salle dans laquelle il évoluait (car il était en mouvement). Je peux juste garantir que, même à cette échelle, j'eus conscience de n'être rien. Rien, au point que l'humanité dans son ensemble était encore moins que microscopique.

Nous empruntâmes un tapis roulant qui descendait sous le balcon en suivant la courbure de la salle et nous parvînmes enfin au sol, *sous* la Voie lactée. D'ici, l'impression était encore plus écrasante. Elle s'effaça néanmoins après les quelques dizaines de mètres que Lindholm me fit franchir en me tirant par la manche (je marchais en aveugle, les yeux rivés sur le *ciel*).

Lindholm nous immobilisa et quelque chose ramena mon regard vers le bas. Quelque chose comme la désagréable sensation d'être observé à mon insu.

Devant nous, si près que je sursautai, se tenait un Batik, assis dans un fauteuil au dossier très haut.

— Il est mort, crut devoir me rassurer Lindholm.

Je voyais bien qu'il était mort, mais je voyais aussi son bras gauche reposant sur sa cuisse et les quatre doigts, au bout, qui désignaient le sol à nos pieds, comme pour nous inviter à… à s'en servir.

Entre le Batik et nous, sous une plaque de verre incrustée dans le béton, il y avait une seconde représentation de la galaxie. Le diamètre de celle-ci ne devait pas excéder trois mètres et sa profondeur était au mieux de soixante centimètres. C'était presque comique de la voir ainsi minuscule sous sa colossale jumelle.

Lindholm se baissa et ramassa un objet que je n'avais pas remarqué : une tige parfaitement translucide de deux mètres de longueur et d'une section de quelques millimètres. Quand il la prit en main, je m'attendis à ce qu'elle oscille ou qu'elle plie sous son propre poids, mais elle demeura parfaitement rigide. Sans hésitation, il la *trempa* dans la plaque de verre.

— C'est un aérogel, dit-il.

Il me fit signe d'approcher et me montra un segment de la tige sous sa main droite. Le segment s'était opacifié et possédait maintenant plusieurs graduations symbolisées par des lueurs de couleurs différentes. Il posa deux doigts de sa main gauche sur la troisième graduation et pressa deux fois.

Dans l'aérogel, la galaxie se brouilla et rétrécit d'un coup autour de la pointe de la tige jusqu'à disparaître. Il y eut un vague flash et la galaxie se recomposa depuis l'endroit où elle s'était désagrégée. Non, pas la galaxie, juste un secteur comportant quelques milliers d'étoiles.

— Un bout d'espace humain, commenta Lindholm, et un bout de Frange.

Ses deux doigts lâchèrent la tige et la reprirent à la dernière graduation. De nouveau, il pressa deux fois.

J'eus l'impression que la salle entière devenait tout à fait obscure, puis le flash se produisit (en plus puissant mais toujours sans être aveuglant) et je compris. Au-dessus de nous, c'était tout l'hologramme géant qui se recomposait. Cela fut à peine moins rapide que dans l'aérogel et nous eûmes subitement tout l'espace humain suspendu sur nos têtes.

— Tu te repères ? demanda Lindholm.

J'étais bouche bée.

— Oui, affirmai-je.

Et pour le lui prouver, je nommais les neuf étoiles les plus proches de nos cheveux. Même si je n'avais pas été féru d'astronomie toute mon adolescence, ces neuf-là étaient faciles à reconnaître : la plus éloignée avait été la première que l'humanité avait nommée Soleil. Autour d'elle, je pouvais même distinguer Jupiter et…

— Bon sang ! jurai-je.

Lindholm replongea la tige dans l'aérogel. Vingt secondes plus tard, la portion de galaxie s'était encore resserrée, affinée jusqu'à ne plus montrer que le système solaire et tous ses astres en mouvement.

À mon effarement, Lindholm devina que je comprenais parfaitement la signification de ce qu'il me montrait.

— Je crois que tu commences à cerner notre problème, dit-il. Ils connaissent le système solaire sur le bout des doigts et ils connaissent tous nos systèmes avec la même définition... Toutes les caractéristiques physiques et astronomiques sont fidèles à plusieurs décimales près !

Je jetai un œil en direction du Batik dans son fauteuil.

— Et nous ne savons quasiment rien des leurs, laissai-je tomber.

— Faux ! me fit-il sursauter. Nous en savons autant qu'eux. Du moins en saurons-nous autant lorsque nous aurons fini de dépouiller les données contenues dans ce truc... et si ces données sont aussi fiables en ce qui concerne l'espace Batik qu'en ce qui concerne le nôtre.

— Mais...

— Mais il faudra des siècles pour enregistrer, analyser et vérifier ce que contient cet holo.

— Ce n'est pas ce que je voulais dire. Ce qui m'intéresse c'est... (J'avais du mal à formuler ma question.) D'accord, cet appareil est une mine gigantesque de données astrophysiques, mais en quoi nous renseigne-t-il sur l'espace batik ? Ce n'est pas parce que nous connaîtrons l'existence de planètes potentiellement habitables que nous constaterons qu'elles sont réellement habitables ou habitées.

— Ce seraient déjà de précieux indices, mais je t'ai parlé d'un message. Tu te souviens ?

Je ne risquais pas de l'oublier.

— Je crois qu'il est temps que tu le visionnes. (À mon froncement de sourcils, il répliqua :) C'est une séquence programmée. Je te conseille de t'allonger par terre, elle dure près d'une heure. Je reviendrai te chercher une demi-heure après la fin de la séquence.

— Tu...

— Ce sont mes consignes. De toute façon, j'ai déjà assisté

douze fois au spectacle et je n'en tirerai rien de plus que ce que je sais déjà. C'est-à-dire pas grand-chose.

Il me tendit la baguette translucide.

— Le répétiteur est à la bonne échelle. Tu n'as qu'à toucher la Terre de la pointe de la tige.

— C'est tout ? (Je m'attendais à ce qu'il faille presser une section de la baguette.)

— C'est tout. Nous estimons que les Batiks ont simplifié la procédure pour que nous ne nous trompions pas sur l'intention de *message*. Bon. Je te laisse avec Hermès.

— Hermès ?

Lindholm donna un coup de tête dans la direction du Batik.

— C'est sa fonction, non ?

Difficile de dire à quoi je m'attendais. Peut-être à réaliser le rêve de millions d'hommes avant moi : recevoir une communication d'une espèce extrahumaine, en être le réceptacle ou un spectateur privilégié. Je n'avais, je crois, aucun préjugé, si ce n'était celui de *message*, ainsi que Lindholm me l'avait suggéré.

Je fus d'abord déçu ou, plutôt, dubitatif. De plans généraux en plans rapprochés, la première séquence holographique batik fut une longue, une interminable présentation astronomique de la galaxie et, plus précisément, de la faible portion que nos deux civilisations sillonnaient. Ce n'était ni plus ni moins qu'un catalogue, méthodiquement ordonné, des systèmes que nous exploitions et des planètes, satellites et astéroïdes que nous occupions, eux et nous. Je ne doutai pas que ce fût d'un immense intérêt stratégique pour les généraux, mais pour moi cela n'évoquait rien, sinon l'ennui.

La seconde partie, beaucoup plus courte, ne présentait qu'un plan global des espaces batik et humain, d'une manière très schématique et sans respect pour les distances et les proportions. On n'y voyait que les étoiles, plus ou moins grosses, suivant l'importance stratégique de leurs systèmes, et colorées d'après leur appartenance. L'espace batik était décliné en couleurs chaudes, l'espace humain en couleurs froides. Il ne s'agissait pas de nos territoires actuels (d'ailleurs les étoiles de la Frange étaient symbolisés par des astres blancs), mais de ce qu'ils avaient été plusieurs siècles avant qu'un de nos astronefs émergeât dans un de leurs systèmes.

Doucement, quelques astres de la Frange virèrent du blanc au jaune et du jaune à l'orangé, côté batik, ou du blanc au tilleul et du tilleul au vert, côté humain. Puis un point vert apparut à côté d'un astre orange et celui-ci se scinda en deux moitiés égales, chacune nettement d'une couleur. D'autres systèmes suivirent cette même transformation (la brève période de tolérance réciproque, comme je l'avais appelée) et un astre commença à palpiter : jaune, tilleul, jaune, tilleul. Erex, évidemment, qui devint tout à coup totalement orangé.

J'eus alors une pensée pour le Batik momifié dans son fauteuil, mais je ne le regardai pas. La guerre venait de débuter. Erex recommença à palpiter avant de devenir franchement émeraude. Nous l'avions reconquis. Puis l'hologramme raconta la guerre de la Frange, avec ses étoiles qui changeaient de couleur plusieurs fois et finissaient toujours par prendre une teinte froide, et la phase d'invasion, durant laquelle des étoiles de plus en plus rouges (au fur et à mesure que nous nous enfoncions dans l'espace batik) virèrent au vert, avec seulement de petits points jaunes. Les réserves.

Jusqu'à Trence.

L'hologramme matérialisa le système de Trence vu depuis un astronef, émergeant dans son nuage d'Oort, qui approchait Trence 6, contournait la planète géante et s'immobilisait à deux secondes-lumière de 6-14.

6-14 ressemblait, je suppose, à ce qu'il était réellement. Seules huit taches d'un orange pâle étaient affichées en fausses couleurs : les régions sous contrôle atmosphérique. Plusieurs lumières vertes se mirent alors à danser autour du planétoïde et, subitement, lorsqu'une étincelle émeraude l'atteignit, les taches orange disparurent.

Durant dix secondes, ensuite, il ne se passa rien, puis 6-14 verdit dans sa totalité. L'angle de vue subjective s'élargit, englobant Trence 6 qui verdit à son tour, comme Trence (l'étoile) dès qu'elle réapparut dans l'hologramme.

Retour au plan global sur les espaces batik et humain

en fausses couleurs. Simplement une étoile orangée était devenue tilleul et, côté batik, sa plus proche jumelle clignotait.

Orange vert orange vert orange vert...

Je restai un moment allongé sur le dos, le regard tantôt perdu dans les lumières de l'hologramme, tantôt tourné vers la momie batik.

Quand Lindholm vint me chercher, j'étais accroupi devant la momie, les mains pressant furieusement le bout des accoudoirs du fauteuil. Je pleurais. Le lieutenant-colonel ne me demanda rien. Il posa juste une main sur mon épaule droite et il dit à voix basse :

— Les généraux t'attendent.

Je trébuchai plusieurs fois avant de rejoindre le sas et je ne décrochai pas un mot au psychiatre, sinon pour refuser une nouvelle injection de calmants. Dans la navette, je m'efforçai de faire le vide, mais je n'y parvins pas et je doutai de retrouver un jour la paix de l'esprit. En fait, je découvrais ce que signifiait toucher le fond et ce fut seulement en traversant le poste de commandement du Leeri, juste devant la porte du salon de détente, que Lindholm me tendit une perche. Cette perche était hérissée de pointes et chacune de celles-ci était enduite d'un poison mortel.

— Ne t'inquiète pas. Ils ont déjà beaucoup plus qu'une idée de ce que tu vas leur dire et le Sénat s'y est préparé. Toute l'astronavale est sur le qui-vive, elle n'attend plus qu'un ordre.

Je dus m'appuyer sur la porte et fermer les paupières cinq secondes afin de ne pas perdre conscience.

— Ça ira, affirma Lindholm.

Il me laissa encore prendre une longue aspiration avant de demander la permission d'entrer dans le salon. Cela ne suffit pas à me rendre des couleurs, mais je n'avais pas le droit d'être moins déterminé que ne l'avait été Hermès.

Ce fut pire que je ne le craignais.

Je devais être pâle à faire peur, car Lightner m'accueillit d'un sourire compatissant et Belam me fit asseoir dans le même fauteuil que lors de notre premier entretien en me tendant un verre d'eau. Lindholm se plaça en position de repos juste derrière moi et je vis sur le visage de Lightner qu'il lui fit un signe, probablement pour lui recommander de me ménager.

— Je vous prie de croire que nous n'avons pas été moins secoués que vous lorsque nous avons compris à quoi nous avions affaire, attaqua Lightner. Vous êtes l'expert mandaté par le Sénat et nous devons entendre vos conclusions le plus rapidement possible, mais si vous avez besoin de quelques minutes pour… enfin, nous comprendrons.

J'étais incapable de desserrer les dents. Dans l'expectative, Lightner m'accorda une poignée de secondes et reprit sur le même ton chaleureux :

— Prenez votre temps, professeur Edgin. Vous n'êtes de toute façon pas responsable de ce que les Batiks ont voulu et personne ne pourra vous tenir rigueur de la triste confirmation que vous nous apporterez.

Je ne réagissais toujours pas, alors il décida de me venir en aide :

— Nous savons déjà que, en dévoilant la position astrographique de leurs bastions, les Batiks nous attirent dans un piège et que, en divulguant leur très fine connaissance de notre propre espace, ils n'aspirent qu'à nous terroriser pour nous contraindre à nous jeter dans la nasse. Nous nous doutons aussi que ce suicide collectif annonce une guerre totale, sans aucune éthique ni pitié. Nous ferons face à cela. Ce que nous avons besoin de préciser, professeur, c'est de quelle nature sont les… les monstres qui ont décidé de cet holocauste. S'agit-il de manipulateurs politiques ou religieux ? S'appuient-ils sur un endoctrinement éducatif ou d'ordre hypnotique ? Peut-on nourrir l'espoir de les circonvenir ou de les dresser les uns contre les autres ? Dans quelle mesure…

Je levai une main pour l'arrêter. J'avais du mal à déglutir, mais il m'était impossible de continuer à subir ce déluge de rationalisme militaire. C'était comme si Lightner m'était plus étranger qu'Hermès, parce que l'humanité, pour lui, en lui, était autre chose que les humains qui la composaient.

— Cette conversation est-elle retransmise ? demandai-je pour tester mes cordes vocales.
— Pour les Sénateurs, bien sûr, répondit Belam, par ansible. Vous pouvez vous adresser directement à eux.
Curieusement, j'en fus soulagé. Assez, en tout cas, pour dire enfin ce que j'avais à dire.
Je me levai et je fis quelques pas. Puis, alors que Lightner allait reprendre la parole, je lâchai d'une voix épuisée :
— La guerre est finie, Général.
Le silence n'eût pas été moins dense si l'univers se fût tout à coup effondré. Je n'eus aucun remords à le déchirer :
— C'est ça le message des Batiks, et c'est un message de détresse. (Ma salive était encore dure à avaler.) Vous voulez ce monde ? Vous voulez tous nos mondes ? Prenez-les. Nous sommes incapables de vous en empêcher et nous n'essaierons plus. Nous vous les laisserons même libres d'occupants. De toute façon, il y a longtemps que nous vous connaissons et longtemps que nous savons que nous ne nous entendrions pas.
« Nous avons essayé pourtant. Quand vous en avez eu fini d'occuper les systèmes que nous avions abandonnés à votre usage alors que vous découvriez à peine l'astronomie sur les bords du Nil. Quand vous êtes venus bâtir des termitières dans nos parcs. Alors nous avons eu le tort de croire que nous pouvions vous arrêter. Aujourd'hui, nous savons que nous sommes seulement en mesure de vous freiner, un temps. Ce temps prend fin ici et maintenant.
Je laissai mourir ma voix, mais elle résonna encore de longues secondes. Je pouvais la voir rebondir de visage en visage. Celui de Lightner, incrédule. Celui de Belam, abattu. Celui de Lindholm, comme une fontaine longtemps tarie qui refusait, par habitude, la pression des eaux souterraines. Je sentais aussi l'écho franchir les parsecs et assourdir l'humanité à travers ses représentants au Sénat.
— La guerre est finie, répétai-je, parce qu'il faut au moins deux partis pour la faire et que nous n'avons plus

d'opposants. Je ne sais pas s'il peut exister pire victoire, mais si, pour nous, la leçon est amère, j'espère que nous n'oublierons jamais ce qu'elle a exigé d'un million de Batiks.

J'ai demandé l'autorisation de rester sur 6-14 dès que les Sénateurs ont pris la décision d'en retirer toutes nos troupes pour y installer les Batiks que nous conservions prisonniers dans les réserves. Ils me l'ont accordée à contrecœur, mais sans trop rechigner.

Cela fait cinq ans que je vis parmi les Batiks. Je me suis octroyé une maison dans une clairière au-dessus du lac et je me nourris de ce que produit mon jardin. Aucun déplacement ne m'est interdit, aucune porte ne m'est fermée, et je peux emprunter ce que je veux sans que personne s'y oppose. Mais les Batiks ignorent toutes mes tentatives de communication et ne m'accordent aucune attention.

L'année dernière, à leur demande et après que j'ai dû batailler avec le Sénat, deux xénologues m'ont rejoint. Nous n'avons pas mieux réussi à trois ce que j'ai échoué à obtenir seul. Il faut l'avouer, c'est l'échec de ma vie et j'en suis désespéré.

Pourtant, ce n'est pas pour cela que, demain, je me rendrai à la pyramide et que je descendrai au sous-sol à l'heure où les Batiks sont nombreux à le visiter. Car ils le visitent comme on visite un mausolée et ils s'inclinent devant le fauteuil dans lequel se trouve la seule momie qu'ils n'ont pas incinérée.

Demain, pour la deux millième fois, j'irai m'incliner avec eux. Puis je m'assiérai sur le tabouret que j'ai moi-même taillé dans le bois d'un arbre de mon jardin et je poserai ma main dans celle d'Hermès.

Lindholm m'a garanti que je ne souffrirai pas et que le poison qu'il m'a envoyé conserverait aussi bien mes chairs que le sont celles du seul Batik qui m'ait *parlé*.

Je sais que ses semblables comprendront le message.

Ayerdhal

Né en 1959, Ayerdhal, auteur phare de la S-F française, prix de l'Imaginaire en 1993 pour Demain, une oasis, *a notamment publié aux Éditions J'ai lu* L'Histrion, Sexomorphoses *et l'anthologie* Genèses. *Pour la collection « Millénaires », il a également écrit, en collaboration avec J.-C. Dunyach,* Étoiles mourantes, *un roman récompensé dès sa sortie par le prix Tour Eiffel 1999. Il est également l'auteur, dans la même collection, de* Parleur, *prix Ozone 1997.*

Pierre BORDAGE

Paix bien ordonnée

Ce matin-là, après une nuit à se tourner et à se retourner sur sa couche de bois, monsieur Traoré-N'Tong se réveilla avec une certitude plus lumineuse, plus glorieuse qu'un soleil d'été.

De l'avis de tous, et en particulier des habitants de la ville de la côte atlantique où il avait ouvert son commerce quelque quarante ans plus tôt, monsieur Traoré-N'Tong était un type bien. Il n'était jamais entré en politique, ni même n'avait adhéré à l'une de ces associations bénévoles dont on dit qu'elles tissent la trame sociale d'une communauté, mais son nom était sorti comme un lapin farceur du chapeau de l'ordinateur chargé de recruter les cent membres de la Conférence internationale qui allait bientôt s'ouvrir à Lhassa, la capitale du Tibet libre. Comme tous les locataires de la planète Terre, monsieur Traoré-N'Tong était relié à la toile informatique par la biopuce sertie quelque part dans son corps – il ne savait plus où, car on la lui avait greffée dans sa tendre enfance et il atteignait maintenant l'âge respectable de soixante-sept ans.

Il s'était demandé d'où lui tombait cette redoutable faveur. Il n'avait jamais reçu de condamnation, ni pour meurtre, ni pour violence, ni pour vol, ni pour fraude fiscale, ni même pour incivisme démocratique, abus génétique ou procréation excessive, mais cette virginité judiciaire, bien que fort louable, ne suffisait pas expliquer pourquoi il avait été choisi pour faire partie d'une délégation sur laquelle reposaient les derniers espoirs du monde.

« Une erreur, ça ne peut être qu'une erreur », avait-il bredouillé lorsque la foule s'était rassemblée devant la vitrine pour commenter la nouvelle et scander son nom. Son surnom, plutôt, « mister TNT », parce qu'il mettait un point d'honneur à être en permanence achalandé en feux d'artifice, feux de Bengale et autres pétards.

Eh bien, jamais il n'aurait cru qu'il avait autant d'amis dans cette ville ! Être élu parmi les cent personnes qui vont décider de l'avenir de l'humanité, dites-moi ! Des esprits chagrins auraient pu objecter que, lorsque les professionnels du pouvoir se fourvoient dans l'impasse, qu'ils risquent donc d'entamer un crédit déjà très maigre auprès de leurs électeurs, ils s'en remettent au bon vieux système de la démocratie directe qui leur permet de s'en laver les mains et de détourner le mécontentement général sur une poignée d'anonymes. En joueur de go averti, monsieur Traoré-N'Tong n'ignorait pas que ses nombreux et récents amis deviendraient ses plus féroces détracteurs si, au sortir des trente jours de la Conférence de Lhassa, aucun traité n'était signé. Il avait, bien entendu, envisagé de remettre sa démission dans le délai imparti par la loi, mais, sans bien savoir pourquoi, il avait fini par se faire à l'idée de tenir un centième de l'avenir du monde entre ses mains. Non par vanité, mais par volonté de saisir cette chance unique d'accomplir quelque chose d'important dans sa vie.

Il s'en était ouvert à sa femme, Denise, madame DD pour « Denise Dynamite », une robuste femme originaire d'un pays du Nord, aussi forte, blonde et blanche de peau que lui était mince et noir des cheveux à la pointe des pieds. Ils avaient cessé de s'aimer depuis bien longtemps, ils faisaient compte et chambre à part, mais, associés pour le meilleur et pour le pire (rayer la mention inutile), ils continuaient de se consulter pour les décisions importantes. Madame Traoré – en femme pratique, elle avait supprimé le N'Tong à son nom, trop long, trop difficile à prononcer – s'était contentée de hausser les épaules et de lever sur lui un regard d'un bleu navré et pailleté d'ironie qui signifiait : « Êtrrre ton prrroblème, pauvrrre vieux Trrraorré, débrrrouiller-toi... »

Comme il n'y connaissait pas grand-chose en matière de relations internationales, il avait passé plusieurs jours à consulter le Réseau, à recueillir toutes les informations possibles sur l'origine du conflit qui secouait le monde depuis maintenant plus de cinquante ans – huit cents millions de morts selon les chiffres officiels, pratiquement deux milliards selon un groupe de presse indépendant, cinq milliards selon les ultra-pessimistes et autres théoriciens des complots. Il était ressorti de ces séances de rattrapage avec une terrible migraine et une tenace impression de n'avoir rien appris de nouveau. Car, et c'est là où il avait pris conscience de la difficulté de la tâche, les politiciens, les historiens, les spécialistes avaient des événements une vision, une interprétation influencées par leur appartenance à l'un ou l'autre camp. Entre les campagnes de propagande, les pressions médiatiques, les accusations des uns, les ripostes des autres, les contre-vérités et les contradictions, les membres de la délégation, tous de simples citoyens comme monsieur Traoré-N'Tong, auraient bien du mal à démêler le vrai du faux. Les professionnels du pouvoir avaient fait appel à ces cent-là parce que, n'étant pas impliqués dans le conflit, ils auraient des choses une vision neuve, mais d'une part la neutralité totale n'existait pas – bien que résidant dans une région épargnée par le conflit, bien qu'écartelé entre ses racines asiatiques, européennes et africaines, monsieur Traoré-N'Tong lui-même avouait une légère préférence pour l'alliance IAA, Inde-Afrique-Amérique –, d'autre part, certains analystes du Réseau soupçonnaient les élus d'avoir organisé cette Conférence dans le seul but de gagner du temps et, sous l'influence de certaines grandes compagnies, d'obtenir les délais nécessaires au lancement des nouveaux programmes d'armements.

Monsieur Traoré N'Tong se sentait donc dépassé, mais, comme le délai imparti par la loi était lui aussi dépassé, il n'avait plus la possibilité de remettre sa démission, et il risquait jusqu'à vingt ans de vieillissement accéléré s'il refusait de se rendre à Lhassa. Voilà pourquoi, tandis que le cercle grandissant de ses amis célébrait sa nomination comme une improbable manne touristique pour leur petite cité, il avait passé quelques nuits blanches dans le silence de sa chambre surchauffée – il avait demandé la climatisation trente-deux ans plus tôt, mais jusqu'alors il ne faisait pas partie des prioritaires, « une anomalie à laquelle nous devrions pouvoir remédier le plus rapidement possible », avait promis le maire, avide de se draper dans un pan de l'honneur échu à son administré.

Comment un homme qui vivait dans une bourgade paisible où la guerre n'était qu'un flot d'informations parmi tant d'autres, comment un homme qui ne connaissait du fracas des armes que les détonations des pétards qu'il vendait aux enfants, comment cet homme manipulé par les professionnels du pouvoir et des médias, choisi par un super-calculateur qui avait probablement mal digéré le bogue de l'an 2000 pouvait-il emporter dans ses bagages un micron d'estime de soi-même à la Conférence de Lhassa ?

Telle était la question que monsieur Traoré-N'Tong avait tournée et retournée dans sa tête jusqu'à ce que la réponse, ce matin-là, s'impose à lui.

Il se leva, se doucha, s'habilla, puis, au lieu de descendre dans la cuisine pour y préparer le petit déjeuner comme à son habitude, il se rendit directement à la chambre de sa femme, située sur le même étage que la sienne et non climatisée elle aussi. Son cœur battait tellement fort qu'il n'eut pas l'impression d'avoir toqué à la porte lorsqu'elle vint lui ouvrir, les yeux encore bouffis de sommeil, les cheveux emmêlés, vêtue du déshabillé noir qu'il lui avait offert quelque trente ans plus tôt et qui, sur son corps déformé, ne produisait plus désormais qu'un vague effet de naufrage.

« Qu'est-ce tu vouloirrr, Trrraorrré ? »

Cette voix bourrue et cet air torve eurent sur ses résolutions le même effet qu'un coup de fusil sur une nuée d'oiseaux perché dans l'un des grands arbres du jardin public : elles s'envolèrent toutes en même temps. Il faillit tourner les talons, prit une longue inspiration, se raccrocha à sa résolution comme un naufragé au cou de son sauveteur :

« Discuter », réussit-il à répondre sans desserrer les dents.

Elle haussa les épaules. Le haussement d'épaules était, avec le froncement de sourcils et le claquement de langue, son occupation favorite. Elle retourna s'abattre sur le lit défait, remonta le drap sur elle et lui fit signe d'entrer d'un geste las. Il se faufila entre les nombreux meubles et s'assit sur une chaise métallique à distance respectable du regard conjugal.

« Ça te prrrendre depuis quand, envie de discuter ? Depuis que tu grrrand homme ? »

Il constata qu'elle ne s'améliorait ni en ironie ni en français, une langue devenue régionale, et donc condamnée à disparaître, depuis que les têtes d'œuf de l'ONU avaient imposé l'américain comme langue officielle et unique – selon les analystes du Réseau, cette résolution, la 20256, n'était pas étrangère à la réaction ultra-nationaliste de la Chine et de certains pays européens qui s'étaient regroupés pour former la ligne PMP, Paris-Pékin-Moscou.

« Depuis ce matin. »

Il se rendit compte qu'il transpirait. Les mots n'étaient pas faciles à évacuer de sa bouche, plus sèche qu'un gâteau offert par madame DD aux bons clients malchanceux.

« Qu'est-ce que vouloirrr dirrre ?

— Eh bien... »

Vraiment pas facile.

« Est-ce que je t'ai déjà... blessée ? »

Les yeux de madame DD s'ouvrirent tellement grand qu'un moment monsieur TNT crut que le ciel tout entier était passé par la fenêtre pour s'y loger.

« Mal ? Toi jamais frrrappé moi. Et jamais me fairrre mal avec... tu savoirrrr... »

Et le regard de madame DD de plonger entre les cuisses de son mari pour souligner le « tu savoirrr » en question.

« Il ne s'agit pas de cela ! » s'emporta monsieur Traoré-N'Tong.

Elle avait vraiment l'art et la manière de le sortir de ses gonds. Chez elle, les gestes de tendresse se transformaient en gifles ou coups de coude, les parties de « tu savoirrr » en corvées éreintantes, les discussions franches en monuments érigés à la gloire de l'incompréhension, les dîners chez les amis en règlements de compte publics et les silences en pénitences. Il adressa une brève prière à quelques-uns des dieux africains et asiatiques qu'il connaissait et à quelques autres qu'il ne connaissait pas, prit une longue inspiration, se tamponna le front d'un revers de manche, parvint à garder le contrôle de lui-même.

« Je voulais dire : est-ce que je t'ai déjà... vexée ? »

Madame garda le silence, les yeux larmoyants soudain, avec une expression tragique qui faisait affleurer l'enfance sur les reliefs de son visage boursouflé. Il prit conscience qu'il avait une grande part de responsabilité dans le désastre de son couple, qu'il n'avait pas su s'immerger dans les yeux clairs de cette femme qu'il avait choisi d'épouser pour le meilleur et pour le pire (rayer la mention inutile). Il avait été ému, les premiers temps, par son air de petite fille perdue, par le contraste entre leurs peaux, entre leurs cheveux, entre leurs odeurs, mais, la lassitude étant rapidement venue s'inviter à leurs ébats amoureux, il s'était laissé dériver sur les courants sournois de la paresse, du ressentiment, de l'indifférence, de l'échec. Elle ne lui avait pas donné d'enfant ni n'avait souhaité recourir à ces techniques onéreuses de clonage mixte qui combinaient les ADN du père et de la mère, et il lui en avait gardé une rancune tenace.

« Bien sûrrrr, tu souvent vexer moi, répondit enfin madame, la bouche entrouverte comme si elle cherchait de l'air.

— À quelle occasion ? »

Elle joua un petit moment avec un coin du drap avant de lui lancer un regard perplexe.

« Plein de fois ! Plein de fois ! Et surrrtout quand tu me rrreprrrocher ne pas avoirrr d'enfant... »

Il se leva, se rendit près de la fenêtre, vit, entre les lamelles du store, la rue s'habiller de ses couleurs hurlantes sous les premiers rayons du soleil. La journée s'annonçait chaude, moite, irrespirable. Des anciens – des plus anciens que lui – lui avaient dit que la côte atlantique avait autrefois connu des hivers rudes, que « cette saloperie de guerre avait fini par détraquer le temps ». De fait, il avait lu dans les dossiers du Réseau que le climat tropical ne s'était instauré sur le sud de l'Europe de l'Ouest qu'à partir de la moitié du XXIe siècle et que, au train où allaient les choses, le continent entier serait bientôt transformé en désert.

Qu'ont-ils fait de cette terre ? songea monsieur Traoré-N'Tong.

Qu'*ai-je* fait de *ma* terre ? rectifia-t-il aussitôt.

Les marchands ambulants déployaient leurs étals sur les trottoirs, les rideaux de fer des commerçants se soulevaient avec la vivacité silencieuse de paupières de saurien, les premières navettes aériennes gobaient les grappes de passagers sur les quais suspendus. Derrière les haies de palmiers, plantés tout le long du front de mer malgré les protestations du PECD, le Parti écologiste du centre-droit, les lignes blanches et fuyantes des vagues brisaient la monotonie lointaine et scintillante de l'océan Atlantique.

Ma terre, se répéta monsieur Traoré-N'Tong.

« Je voulais être père, dit-il en se retournant.

— Ah, l'orrrgueil des mâles ! s'exclama madame DD avec un sourire amer. Tu vouloirrr êtrrre pèrrre pour prrrolonger ton nom, hein ? »

Elle n'avait pas tout à fait tort sur ce point, il dut en convenir. Les hommes des cinq continents se rejoignaient dans l'obsession de laisser une trace, d'être un maillon de la chaîne de l'éternité. C'était pour eux le seul moyen d'exercer un semblant de contrôle sur le mystère de la maternité, de l'enfantement, de la vie.

« Tu fairrre mal à moi parrrce que tu me voirrr uniquement comme un ventrrre, Trrraoré. Mais mon ventrrre aussi arrride que les trrrois quarts de la terrrre. Et moi laisser fairrre la naturrre, pas vouloirrr clonage. »

Il l'examina avec la stupeur de celui qui découvre un trésor dans une terre tellement familière qu'elle en est devenue abstraite. Une fois usées les premières envies, une fois consommé le détachement, il l'avait considérée comme une sorte de machine à distribuer les récriminations sans deviner un seul instant qu'elle souffrait, qu'elle aspirait à être regardée au fond de l'âme, là où n'existaient ni homme ni femme, ni passé ni futur, seulement le frémissement fondamental et pur de l'être. Pendant près de quarante ans, et sans s'en rendre compte, monsieur Traoré-N'Tong avait sacrifié sa femme au nom d'un idéal paternel implanté en lui par des générations et des générations d'hommes en quête d'une immortalité chimérique.

Pendant près de cinquante ans, deux milliards d'hommes

avaient été sacrifiés de la même façon sur l'autel des idées, des principes.

« Je suis venu te demander pardon », dit-il d'une voix si faible qu'il douta d'avoir parlé.

Et elle douta d'avoir entendu puisqu'elle se redressa sur le lit et se figea dans une posture d'incrédulité, le dos droit, les traits tendus, les yeux écarquillés. Le drap glissa dans un froissement et emporta dans son mouvement une des bretelles de son déshabillé. Il se surprit à lui trouver de la beauté, oh pas la beauté parfaite, glaciale, des hommes et des femmes retouchés par les génoplasticiens, mais l'incomparable beauté de l'âme, une beauté qui semblait se redéployer sous la magie de son regard comme les pétales des lotus génétiquement modifiés sous la lumière encore chétive de l'aube.

« Je suis… euh, venu te parler du fond de mon cœur, reprit-il après s'être éclairci la gorge.

— Est-ce qu'un jourrr nous avoirrr déjà parrrlé avec cœurrr ? »

La voix de madame ne vibrait pas d'agressivité mais d'espérance. Sans doute n'avait-il pas eu la volonté d'établir la différence tout au long de ces quarante années d'existence commune, sans doute s'était-il accommodé de voir en elle l'ennemie, la coupable, la mécanique à briser ses rêves… Il retourna s'asseoir sur le lit, fut à nouveau subjugué par la blancheur de son teint, par la blondeur de ses cheveux, par les courbes affaissées de ses seins sous le tissu noir, par l'odeur de son corps qui perçait sous le parfum légèrement aigri par la transpiration.

« Il n'est peut-être pas trop tard pour commencer. »

Il essuya d'un revers de manche les larmes qui lui agaçaient les yeux. Il se sentait ému tout à coup, comme le soir où il avait osé lui donner le premier baiser. Le cœur battant, il lui prit la main. Il interpréta la légère crispation de ses doigts non pas comme une réticence, comme un geste de défiance, mais comme un réflexe de peur. Elle ne chercha pas à lui échapper, cependant. Depuis combien de temps ne s'étaient-ils pas touchés ? Depuis combien de temps vivaient-ils sous le même toit tels de parfaits étrangers, tels ces peuples qui partageaient la terre et le ciel et que séparaient des siècles et des siècles de malentendus ?

« Je te demande pardon d'être passé à côté de toi pendant toutes ces années, poursuivit-il, la gorge serrée. Pardon de ne pas t'avoir acceptée comme tu es, pardon d'avoir été un mauvais mari, pardon de... »

Les lèvres de Denise s'écrasèrent sans prévenir sur sa bouche et l'empêchèrent de vider tout son sac. Il se retrouva, sans trop savoir comment, nu et allongé contre sa femme, tendu par un désir qu'il avait cru définitivement laminé. Elle lui fit l'amour avec une douceur et une tendresse qu'il ne lui connaissait pas. Elle fut la terre sur laquelle ils se réconcilièrent, le feu qui réduisit en cendres leurs ultimes rancunes, le vent qui souffla leurs derniers préjugés, l'eau qui apaisa leurs anciennes blessures. Leurs corps n'avaient ni la fermeté ni la vigueur de la jeunesse, mais jamais ils ne s'étaient épousés avec une telle force, jamais ils n'avaient accepté de perdre ainsi leurs limites, jamais ils n'avaient baigné dans une telle légèreté, dans une telle volupté.

Ils se séparèrent avec des regrets déchirants, regrets de mettre fin à la fête tardive de leurs sens, regrets d'avoir attendu tout ce temps pour renverser la tyrannie des apparences et s'explorer en toute indulgence.

« Je croyais être un homme bien, soupira monsieur Traoré-N'Tong, essoufflé. Comment ai-je pu à ce point être aveugle ?

— Difficile d'avoirrr bonnes lunettes pour rrregarder soi-même ! dit madame DD avec un petit rire. Moi parrreil : plus facile pourrr moi de dirrre toi rrresponsable de mes malheurrrs. »

Il se redressa sur un coude et fixa sa femme d'un air grave.

« Pourquoi n'avons-nous jamais divorcé ?

— Sans doute parrrce que savoirrr que nous deux capables de grrrandes choses ensemble. »

Il hocha la tête : comme elle, il avait toujours été convaincu qu'ils formaient un tout supérieur à la somme de leurs deux individualités. Ils s'étaient simplement fourvoyés dans les pièges de l'orgueil, dans les fausses certitudes, dans les conflits dérisoires, dans ces échappatoires permanentes que proposent le mieux, l'après, le demain, le futur, l'image modelée par les génoplasticiens, l'idéal jamais atteint. Et maintenant qu'il acceptait de la regarder sans rien exiger d'elle, maintenant qu'il consentait au présent, il contemplait son reflet apaisé dans le bleu de ses yeux et il se sentait capable de mettre le monde à ses pieds.

« Toi pouvoirrr aller à conférrrence de paix, chuchota-t-elle en lui caressant la nuque.

— J'ai encore quelques affaires à régler. Est-ce que tu pourras t'occuper de la boutique aujourd'hui ? »

Elle eut un sourire désarmant de bonheur et acquiesça d'un clignement de paupières.

Monsieur Traoré-N'Tong alla d'abord rendre visite à ce vieux forban d'Al Alamein, le restaurateur arabe voisin qui lui avait livré une guerre incessante pour le bout de trottoir qui séparait les deux boutiques, le bazar d'un côté, le restaurant de l'autre. Jour après jour, Al Alamein avait essayé de grappiller quelques précieux centimètres, jour après jour monsieur Traoré-N'Tong avait repoussé les chaises et les tables envahissantes. Non qu'il manquât d'espace pour installer ses propres présentoirs et vitrines mobiles, mais il en faisait une question d'honneur, de principe. Cela faisait vingt ans que les deux hommes ne s'adressaient plus la parole que pour s'invectiver, au point que leur rivalité était devenue légendaire dans le quartier, l'un et l'autre comptant de fidèles partisans et de farouches détracteurs.

L'apparition de son ennemi intime dans la salle sombre et déserte du restaurant cloua de stupeur Al Alamein, un petit homme aussi ratatiné que les dattes qu'il grignotait à toute heure du jour et de la nuit.

« Je viens vous parler dans un esprit de paix », déclara monsieur Traoré-N'Tong sans laisser à son vis-à-vis le temps de reprendre ses esprits.

Et il ne décelait plus de lueurs malveillantes dans les yeux sombres d'Al Alamein, mais des éclats de ciel, des fragments de légendes mystérieuses et fascinantes, des richesses insoupçonnées. Il offrit son bout de trottoir au restaurateur, à qui il fallut dix bonnes minutes avant que ces paroles ne remontent à la surface de son cerveau. Al Alamein ne capitula pas tout de suite, d'abord parce que la confiance ne revient pas facilement dans un cœur durci par la méfiance, ensuite parce que son orgueil lui interdisait de vaincre sans résistance. Il subodora donc un piège, tourna soixante-dix-sept fois ses pensées dans sa tête avant de sourire, de tendre le bras, de serrer la main du visiteur et de lui offrir un thé à la menthe qui scella leur armistice mieux qu'un long traité.

Monsieur Traoré N'Tong se réconcilia successivement avec l'un de ses fournisseurs qu'il soupçonnait d'avoir salé les factures ; avec une vieille dame blanche qui l'avait en son temps traité de sale nègre jaune et qui ne demandait pas mieux que de réviser son jugement ; avec un garçon qui lui avait manqué de respect des années plus tôt et qui était devenu le missionnaire d'une nouvelle religion appelée la cosmoscience ; avec un correspondant local du Réseau qui avait comparé sa boutique à une « caverne d'Ali Baba du très pauvre » ; avec un inspecteur du Trésor public qui l'avait harcelé jour et nuit pendant quatre mois ; avec, enfin, le labrador d'un aveugle qui s'oubliait à chaque fois qu'il passait devant la porte de la boutique...

Ensuite il s'interrogea pour savoir s'il n'avait pas omis quelqu'un et, à celui-là, à l'oublié, à l'homme qui était mort en emportant dans la tombe un mauvais souvenir de lui, à la femme qu'il avait humiliée d'une remarque perfide, à l'enfant qu'il avait injustement soupçonné de lui avoir dérobé une poignée de pétards, au représentant qu'il avait reçu comme un chien, au mendiant ivrogne qu'il avait arrosé de son mépris, au témoin de Jéhovah qu'il avait chassé de sa boutique à coups de pied au cul, il demanda intérieurement pardon.

Monsieur Traoré-N'Tong se sentit porté par toute une ville lorsque, le jour venu, il prit place dans la navette aérienne à destination de l'aéroport du grand Sud-Ouest européen. Denise, qui agitait les bras au milieu de la foule, brillait comme un phare, aussi pimpante et fière qu'une fille de vingt ans.

Il atterrit à Lhassa après un vol hypersonique sans histoire de deux heures – les professionnels du pouvoir et les états-majors des deux armées avaient décrété un cessez-le-feu de trente jours. Monsieur Traoré-N'Tong eut à peine le temps de lever les yeux sur les pics éblouissants de l'Himalaya que les officiels du protocole le happèrent à la sortie de la passerelle, l'installèrent dans une jeep, le conduisirent sous solide escorte au centre de la ville et le poussèrent dans la grande salle du nouveau palais du Dalaï Lama, où se pressaient déjà la plupart des membres de la délégation de la dernière chance.

Hommes, femmes, personnes âgées, jeunes gens, ils provenaient de tous les continents, de toutes les classes sociales. Il n'en connaissait aucun, bien sûr, mais il vit immédiatement, à leurs regards, à leurs sourires, à leurs traits, que tous avaient parcouru le même chemin que lui, que tous avaient fait la paix en eux et autour d'eux avant de rejoindre Lhassa. Dès lors, il sut qu'aucun professionnel du pouvoir, aucun militaire, aucun marchand d'armes n'était de taille à juguler l'immense vague de paix qui s'apprêtait à submerger le monde.

Pierre Bordage

Après la trilogie Les Guerriers du silence, *Grand prix de l'Imaginaire et prix Julia Verlanger en 1994,* Terra Mater *et* La Citadelle Hyponéros, *prix Cosmos 2000 en 1996,* Wang *a été récompensé par le prix Tour Eiffel en 1997. Romancier humaniste et conteur hors pair, il a publié, après* Les Fables de l'Humpur *(J'ai lu, coll. « Millénaires », 1999), un feuilleton en six épisodes chez Librio :* Les Derniers Hommes, *ainsi qu'une fiction inédite :* Nuits-lumière *(2002).*

Andrée CHEDID

Arrêt sur image

— La guerre, c'est quoi maman ?

Au milieu du repas, l'enfant se leva brusquement de table, se rua vers sa mère, se hissa sur ses genoux. Se blottissant contre elle, il ferma les yeux après avoir tourné le dos à l'écran.

— La guerre, c'est quoi, c'est pour quoi ? répétait-il d'une voix épouvantée.

Ces armes, ces visages meurtris, ces gestes brutaux, ces corps sans vie, qui venaient envahir cette pièce colorée, paisible, bien à l'abri, prenaient soudain consistance. Il fallait qu'on lui explique ces images et la raison de tout cela.

— Retourne à ta place, Martin, gronda le père.

L'enfant se pelotonna contre la poitrine d'Agnès, lui encerclant la taille de ses deux bras.

Ils ne faisaient plus qu'un.

Martin n'avait aucune intention d'obéir à l'ordre de son père, aucune intention de quitter son refuge.

Cette journée de juin se prolongeait agréablement. Le soleil était encore là ; tout respirait les vacances, les proches plaisirs de l'été. Désarçonné par l'obstination de son fils, Thomas n'insista pas.

Le visage blême, interrogateur, de Martin, inquiéta sa mère. L'enfant transpirait à grosses gouttes. Elle essuya son front du revers de sa main, puis le couvrit de baisers.

Depuis qu'il avait atteint ses six ans, un changement s'était opéré ; Martin posait de plus en plus de questions. Des questions surprenantes, capitales.

Un matin c'était :

— Dieu est-il vraiment là-haut à s'occuper de nous ?

Une après-midi :

— La mort, c'est quand on s'en va et qu'on ne revient plus jamais ?

Une autre fois :

— Pourquoi les vieux ont des plis partout ? Est-ce qu'un jour tu seras comme ça, maman ? Et moi, un jour ?

Enfin, ce soir, soudain, cette nouvelle question, irrépressible, véhémente ; l'arrachant à son repas. Cette question étrange, incongrue, entre deux bouchées, entre une pub et l'autre, entre sport et mode, théâtre et cinéma... Cette question qui, brutalement, le prenant à la gorge, déversait dans cette pièce sereine, tranquille, l'image télévisuelle dans toute sa réalité.

Durant les repas, Thomas, lui, ne résistait pas au défilé des images. Au début, lorsqu'elles lui semblaient trop rudes, trop brutales pour l'enfant, il zappait pour quelques instants.

Martin lui paraissant, chaque fois, indifférent ou distrait, il avait renoncé à ces brefs intervalles. Thomas estimait qu'il fallait se tenir au courant de ce qui agitait le vaste monde.

Toutes ces nouvelles finissaient par s'absorber avec impassibilité et sagesse. On ne pouvait se laisser émouvoir ou déstabiliser par les malheurs de la planète. Aucun jour n'en était dépourvu ! Thomas, comme tant d'autres, avait ses soucis personnels, ses propres inquiétudes, auxquels il fallait faire face avant de se préoccuper du reste.

L'appartement, haut perché, donnait sur une superbe ville. Une cité en paix, depuis plus d'un demi-siècle. On pouvait y jouir du soleil, des étoiles, sans que des bombes s'abattent. Profiter de son logement, sans craindre que ses murs ne s'écroulent.

Malgré les risques habituels, les difficultés, on pouvait – quoi que l'on dise – goûter à l'existence, à son quotidien, vivable, responsable, parfois exaltant. L'horreur d'une guerre, avec ses massacres, ses invasions, ses occupations, ne s'ajoutait pas aux problèmes personnels. Ici pour se défendre, agresser, se glorifier, le sang des guerres avait cessé de couler.

Thomas avait zappé jusqu'à ce que l'écran se transforme en personnages multicolores et rondouillards d'un dessin animé en vogue.

— Retourne à ta place, Martin. Finis ton dessert, reprit-il.

L'enfant ne broncha pas. Agnès fit signe à son mari de ne pas insister.

— C'était vrai, maman, ces images ?

— Rien que des images, dit-elle.

— C'est pas des images ! répliqua Martin.

— Mais oui, des images, comme au cinéma.

— C'est pas du cinéma ! s'obstina l'enfant.

Il se redressa, délia ses bras et, posant ses mains sur les épaules de sa mère, son regard dans le sien :

— Tu mens... Tu dis pas le vrai.

— Regarde... c'est déjà autre chose, reprit-elle d'une voix rassurante.

L'enfant toujours sur ses genoux, elle l'aida à se retourner.

— Vois comme c'est beau, tu ne peux pas rater ça !

Le dessin animé venait de céder la place à une publicité qu'Agnès appréciait particulièrement. De ravissants bébés nageaient sous l'eau, s'élevaient dans les airs, composaient un ballet enchanteur. Limpide, l'eau jaillissait en geysers, en cascades. Les nombreux bébés, aux corps pulpeux, aux visages épanouis, évoluaient, frétillaient joyeusement dans l'immense piscine bleue.

— Martin, dans quelques mois tu auras une petite sœur, dit-elle, émue. Comment veux-tu qu'on l'appelle ?

*

* *

— La paix, c'est quoi maman ?

À plus d'un millier de kilomètres, un autre enfant s'agrippait aux jambes de sa mère. À bout de fatigue, celle-ci le repoussa doucement.

— Plus tard. On parlera plus tard.

L'épuisement ravageait son visage encore jeune; ses vêtements de plus en plus grisâtres ressemblaient à des haillons.

En compagnie de son fils Alyo, Samia partageait une tente avec une dizaine d'autres mères et une vingtaine d'enfants. Les maris, les pères, les frères, étaient absents; ou disparus à jamais. La question que venait de poser l'enfant la fit trembler. Comment lui répondre? Samia maîtrisait mal ses émotions, elle ne saurait même plus décrire la paix!

Alyo revint à la charge:

— La paix... où ça se cache, maman?

Après des jours et des nuits de bombardement, après ces trouées de cris, ces enlèvements, ces détonations; après ces récits d'hommes massacrés, enterrés en toute hâte; les filles violées puis jetées sur la route, que restait-il à dire de la paix?

L'enfant n'abdiquait pas. Il lui faisait pitié avec ses joues hâves, ses yeux d'un bleu décoloré, qui lui dévoraient la face, ses cheveux d'un blond fadasse. Sa question la désemparait; elle passa à autre chose:

— Allons chercher de la nourriture, Alyo. Il y a une distribution tout à l'heure. Tu te souviens de ces camions venus de l'étranger?

— Là-bas est-ce qu'il y a la paix?

Elle esquiva de nouveau:

— Il faut garder des forces. Il faut manger.

Alyo sentait qu'il ne pouvait rien en tirer, sa mère n'avait aucune explication à lui fournir. C'était comme ça. C'est tout!

Du jour au lendemain, la barbarie se déchaînait; les voisins de l'aube se transformaient en assassins du soir. La vie était cruelle, sauvage, les hommes devenaient semblables à ces fauves qui, dans les documentaires, déchiraient à pleines dents leurs victimes.

— Tu ne veux pas me répondre, maman. Dis-moi au moins si, un jour, je pourrais, comme avant, jouer avec mon ami Slavi?

Elle le prit par la main, l'entraîna. L'enfant tenait à peine debout; depuis deux mois que l'exode durait, la peur, la faim l'avaient mûri, miné. Il en avait trop vu! Le père de Slavi, un voisin, un ami, était venu la nuit, revolver au poing, enlever son propre père. Plus tard, ils avaient entendu des coups de feu dans la basse-cour.

Ce même soir, elle s'était empressée de le rassurer :

— Tu as bien reconnu le père de ton copain Slavi, il ne faut pas t'inquiéter, il est venu chercher papa pour le mettre à l'abri. Il nous rejoindra bientôt.

On ne le revit jamais plus, ce père.

Se souvenant de cette nuit atroce et du regard déchirant de son mari, pour rassurer l'enfant, Samia eut pourtant la force de murmurer :

— Tu rejoueras plus tard avec Slavi, c'est certain...

Sentant qu'elle chancelait, pâlissait à chaque question, l'enfant s'arrêta de l'interroger.

Un soleil lourd, sans pitié, pesait sur la plaine. Alyo et sa mère avançaient, main dans la main, entre les tentes, parmi la foule.

Cherchant à distraire l'enfant, elle lui fit remarquer, au loin, la présence d'un cameraman.

— Regarde, c'est pour la télévision. Il vient vers nous. Tu vas te faire photographier... On te verra sur tous les écrans du monde !

Elle héla l'homme à la caméra, qui s'approcha à grandes enjambées.

*
* *

Le lendemain, rentrant de l'école, Martin jouait comme d'habitude. Après la brève interruption de la veille, tout était rentré dans l'ordre.

Enfoncé dans son canapé, Thomas ne put résister à l'envie de se brancher sur les dernières nouvelles. Agnès était dans la cuisine. Agenouillé sur la moquette, Martin s'appliquait à son jeu de Meccano.

Soudain le visage d'Alyo occupa en close-up toute l'antenne.

D'un bond, lâchant ses jeux, Martin se précipita sur le

poste. Il enlaça frénétiquement l'écran, frotta sa fraîche frimousse contre le visage défraîchi de l'enfant de là-bas.

Son père, affolé par la scène, ne trouvait plus le zappeur qui s'était enfoncé entre les coussins.

— Qu'est-ce que tu fais de nouveau ? hurla-t-il.

N'entendant plus que son propre souffle, Martin appliquait sa joue contre le petit visage émacié aux yeux ternis.

— C'est ça la guerre, murmura-t-il. C'est ça !...

Il était à présent si près, si proche.

Malgré la vitre, sa peau touchait l'autre peau, son visage s'accolait à l'autre visage. Ses larmes mouillaient la surface polie de l'écran.

Martin et Alyo se soudaient l'un à l'autre.

Alyo et Martin ne faisaient plus qu'un.

— La paix... la guerre... c'est ça, c'est nous, ne cessait-il de répéter.

Cela dura, dura.

Une éternité...

Arrêt sur image.

Andrée CHEDID

Née au Caire, elle réside à Paris depuis 1946. L'œuvre romanesque de cet écrivain poète est souvent axée sur l'évocation du Moyen-Orient : Le Sixième Jour, L'Autre, La Maison sans racines, L'Enfant multiple.

Elle a également écrit des poèmes, des nouvelles, des récits et des pièces de théâtre.

Elle a publié, en 2003, Rythmes *aux éditions Gallimard.*

Philippe DELERM

Le soleil va fléchir

Novembre est le vrai mois d'automne. Cette petite phrase lui revient. Des mots à lui, une pensée à lui, qu'il a dû formuler ainsi dans une autre existence. Un très léger sourire involontaire lui monte aux lèvres, avec une sensation de difficulté, presque d'amertume, de réticence musculaire – cela fait si longtemps qu'il n'a pas souri. Novembre est le vrai mois d'automne. Cela semble si dérisoire, si ronflant et si creux de s'exprimer ainsi. Il a du mal à retrouver, presque à imaginer le lointain personnage qui pouvait ainsi embouteiller la vie dans un présent d'éternité. Comme si les choses étaient les choses. Comme si la vie était la vie.

Oui, c'est bien lui pourtant, qui a dû dire ces mots-là. Le sourire se transforme en rictus, l'espace de quelques secondes. Pas si agréable de retrouver la trace si ténue soit-elle de celui qu'il fut dans un improbable avant. La mémoire ne lui veut pas de bien. Mais il fait beau ce matin, dans les ruelles désertes du village. Désertes ? Il ne pense pas vraiment ainsi. Après tant de bombes, de cris, de sirènes, après tant d'insupportables hurlements de femmes, le silence est de l'eau, il ne fait que du bien.

C'est cette brume du matin qui rappelle l'automne, et malgré toutes les réticences, toute la méfiance enfouie au creux de soi depuis de si longs mois, il faut s'attendre au grand ciel bleu qui ne va pas manquer de s'installer sur le coup de midi. Tant de maisons sont en ruine, soufflées par les derniers bombardements, les plus rageurs. Par endroits, c'est la rue elle-même qui n'existe plus ; les éboulis, la terre ont recouvert le bitume. À travers les vitres brisées de ce qui fut l'épicerie, on distingue les étagères vides, sur fond de peinture jaune pâle morne. En contrebas, dans le petit jardin en pente, un char est resté là, la tourelle arrachée. Les herbes hautes ont gagné le potager, mais quelques roses trémières ont risqué encore leurs tiges grêles, leurs fleurs cramoisies chiffonnées, autour des chevilles boueuses. Il a fallu hausser le ton pour empêcher les gamins de jouer à la guerre sur ce mastodonte échoué. Mais c'était insupportable de les entendre reproduire les rites barbares d'un cauchemar encore si frais. L'instituteur est mort, l'école à demi détruite. Les filles ont vieilli d'un seul coup. Elles accompagnent en silence leur mère au bord de la rivière pour laver le linge – plus de lavoir à côté du pont. Pour être tranquilles, les garçons ont pris leurs quartiers sur le stade, là-bas, contre la forêt. C'est par là qu'il va lui aussi, pour la première fois depuis des mois. Il y a cette frontière rousse qui l'appelle, au-delà du terrain de foot. Pourquoi n'est-il jamais revenu en forêt avant ? Peut-être n'aurait-il pas supporté que la forêt soit restée si belle, si intègre, indifférente à la souffrance des hommes, à leur folie. Il n'aurait pas aimé ce cercle de lumière, au bout de chaque allée, comme s'il y avait eu un avenir, une raison pour avancer. Non, il fallait se terrer, se taire, attendre, mêler le chagrin à une curieuse sensation de honte, simplement parce qu'on avait fait partie de *ça*, parce qu'on était resté vivant, si pauvrement vivant.

Le brouillard commence à se dissoudre ; juste cette petite bruine pulvérisée qui rafraîchit les joues, et monte insensiblement vers le ciel, découvrant les feuilles jaunes des bouleaux tombées à terre. Les gars ont dû faire un match sur une moitié de terrain, ils ne sont plus assez nombreux. À quoi songent-ils maintenant, assis sur les marches devant la cabane-vestiaire ? L'un d'eux partage une cigarette, où a-t-il bien pu la trouver ? Un autre est resté à l'écart, assis sur le ballon. L'herbe trop haute est encore toute mouillée. Un petit rire frondeur et sans joie monte de temps en temps du groupe. Leur bonjour est un grommellement terne. Pensent-ils à l'absence de canettes, ou à leurs copains disparus ? Les visages fermés n'en disent rien.

Voilà. Il est dans la forêt, dans sa forêt. Le cœur lui bat un peu plus fort. Depuis la guerre, la forêt n'existait plus pour lui. Au début de l'automne, certains avaient dit qu'on y trouvait des champignons en abondance, comme jamais. Mais il n'avait pas voulu y aller – pourtant, il connaissait si bien les meilleurs coins. Tant que les bombes tombaient à l'aveugle dans la nuit, la seule existence de la forêt lui semblait une offense. Offense à l'image d'Anna, sa femme, cueillant des branches de sureau, et il s'arrêtait pour la regarder d'un peu plus loin, ses cheveux roux relevés en chignon, sa silhouette devenue plus mince encore, ces derniers temps, dans la robe sable qu'il aimait. Offense à l'image de Julia, sa fille, assise au bout du ponton, une canne à pêche à la main, avec ses nattes blondes. C'est drôle. L'image la plus forte qui lui reste de chacune des femmes de sa vie, c'est une vue de dos, comme s'il les avait perdues d'avance, comme s'il avait dû se préparer à les voir s'éloigner.

Rien n'a changé dans la forêt. C'est à la fois ce qu'il espérait, ce qu'il craignait. Il se demandait souvent s'il aurait un jour la force de revenir là sans Anna, sans Julia. À la maison, c'est différent. Il faut bien faire avec toutes les choses qui lui parlent d'elles, les photos, les livres, les vêtements, les jouets – la douloureuse canne de marche où il avait gravé au couteau le prénom de Julia, dans une branche de noisetier. Cet accablement des choses du passé est imposé, dans la maison. Le chagrin n'empêche pas de faire réchauffer un reste de café sur la cuisinière, de déplacer les disques en fonte pour remettre du bois. Mais la forêt était leur monde élu, le lieu libre et secret où leurs vies se ressemblaient, à deux, à trois, à cueillir les châtaignes, à pêcher dans l'étang, à espérer les passages d'animaux. Avec Anna, il avait fait l'amour dans l'ombre profonde, sur le sol souple, sous les pins, et c'est là que Julia avait commencé, sans doute.

Mais ce matin quelque chose de plus fort l'a poussé. Beaucoup de feuilles sont tombées, mais beaucoup restent encore aux branches. Ambre jaune sous les pas, ambre jaune au-dessus de la tête, et le soleil de miel qui passe enfin. Non, ce n'est pas vraiment triste, c'est trop vague et trop beau pour éveiller un souvenir précis.

Pourtant, ce n'est pas la solitude qu'il aimait éprouver, adolescent, quand il allait seul dans la forêt, s'asseyait au pied d'un chêne pour dessiner, peindre ses premières aquarelles sur le carnet à spirale que son oncle lui avait donné. Il se sentait alors si parfaitement lui-même et si mélancolique. Il attendait. C'est ça qui a changé. Jamais plus il n'attendra quelque chose, quelqu'un. Rien ne peut le surprendre, rien n'est à espérer. Mais il peut saluer encore la beauté de cet après-midi qui va passer beaucoup trop vite. C'est drôle, ces journées de la fin d'automne. La brume n'en finit pas de se dissiper, et puis il y a ces deux ou trois heures de soleil absolu, de grand ciel bleu sur tous les jaunes, tous les rouges, tous les bruns. Alors on s'étonne que ça ne dure pas plus longtemps, tout cela semble si parfait, si facile. Peut-être plus parfait encore de savoir que le soleil va décliner très vite, au-dessus de la cime des bouleaux, que la fraîcheur va tomber tout de suite avec l'obscurité. Il n'a pas oublié cette allée cavalière, si étroite et si sûre d'elle, qui mène jusqu'à l'étang.

Il peut reprendre les mêmes pas, il ne redoute pas l'étang – la mémoire ne le blesse pas ainsi. La mort de Julia est dans chacun de ses gestes, la lenteur de ses pas, cette espèce de dureté presque palpable qu'il sent autour de ses yeux. Mais le cœur ne lui bat pas davantage en retrouvant le glouglou de la rivière sous les branches, la mousse gorgée d'humidité, puis les contours si familiers de la pièce d'eau. Avant les événements, déjà, quelques pontons commençaient à se disloquer. C'est bon de se dire que seuls le temps, la froidure de l'hiver, l'abandon de l'étang ont fait là leur œuvre, que les rafales de mitraillette ou les bombes n'y sont pour rien, que les choses peuvent mourir aussi dans la lenteur tranquille. Là-bas, sur l'autre rive, au pied du ponton que préférait Julia, une barque à demi engloutie tire sur sa chaîne. Il n'ira pas jusque-là. Il s'assoit sur la berge, l'herbe est presque sèche entre les racines. Il relève la tête. Il est beaucoup trop tard pour les vols d'oies sauvages, il n'y a rien que ce bleu, cet or qui se reflètent dans l'étang. C'est presque trop parfait, presque de mauvais goût. Pour garder le meilleur de cette apogée de l'automne il faudrait atténuer légèrement les tons éblouissants, les diluer dans un peu d'eau.

Voilà. Il est tout seul au bord de l'eau. Pas un bruissement d'ailes, pas un craquement de feuille. Tout est si... Le mot hésite, affleure à sa conscience, tombe comme un caillou sur la surface de l'étang. Paisible. Peut-il encore penser avec un mot comme celui-là ? Il y a trois jours, la télévision a annoncé la fin de la guerre. Difficile d'y croire, après tellement de mensonges, de déclarations rassurantes, à chaque fois démenties par les faits, tant d'affirmations de vie suivies par tant de morts. Mais oui, la fin de la guerre, apparemment, et cette surprise de voir que dans les principales villes du pays il se trouvait encore assez d'enthousiasme ou déjà tant d'oubli pour fêter l'événement. Au village, personne n'a pavoisé, comme si c'était plus difficile de se mentir à soi-même à la campagne. Les femmes ont repris le chemin du lavoir, les hommes ont fait un tour dans les champs. De toute façon, il ne reste plus rien de la coopérative.

Et puis il a passé assez de temps sans char, sans mitraillette, pour qu'on commence à croire au retour du silence. Le soleil est venu. On a ouvert les yeux. Un vrai temps à bonheur. Mais le bonheur ne recommence pas. Alors comment nommer cette beauté ancienne, qu'on sent glisser sur soi sans être réchauffé vraiment ? Il est assis au bord de l'eau. Il tâte sa vieille veste de velours bourrée de poches. La minuscule boîte d'aquarelle est là, coincée au milieu de son portefeuille. Il l'ouvre lentement, regarde avec satisfaction toutes ces dégoulinures laborieuses, le pinceau de maître au manche un peu rongé, bien sage dans sa case. Il fouille de nouveau, met un peu plus de temps à extraire le carnet à spirale. Il ne feuillette même pas, mais il n'arrache pas les pages anciennes. L'aquarelle, c'est un peu de couleurs et beaucoup d'eau. Il se penche vers la surface de l'étang, puis se rassoit, mouille la feuille, attend.

Paisible, paix. Oui, c'est la paix, car tout est grave au fond de lui, car rien n'est oublié, mais le monde est à peindre. On peut encore le peindre. Le soleil va fléchir. Il faut absolument diluer ce paysage, et le garder.

Philippe Delerm

Né en 1950 à Auvers-sur-Oise, enseignant, il est l'auteur d'une dizaine de romans et d'essais, qui lui ont valu plusieurs prix littéraires (prix Alain-Fournier 1990 pour Autumn, *prix des Libraires 1997 pour* Sundborn ou les jours de lumière*). Son écriture, fine et sensible, restitue merveilleusement les instants fragiles et fugitifs de l'existence… Avec* La Première Gorgée de bière et autres plaisirs minuscules, *paru en 1997, il a fait le bonheur d'un large public. Il a publié chez Librio un recueil de nouvelles,* L'Envol *(1999), ainsi que des ouvrages pour la jeunesse.*

Jean-Claude Dunyach

Les cœurs silencieux

À son réveil, la mort s'est encore rapprochée.

Il a quatre-vingt-deux ans, une leucémie en phase terminale et le visage le plus célèbre du monde. La maladie l'a creusé, décharné ; elle ne l'a rendu que plus identique à lui-même. Cela fait trop longtemps qu'il se ressemble, il est trop tard pour changer, même s'il le souhaite. Ce qui n'est pas le cas.

Tout au long de sa vie, les photographies ont tenté de mettre en valeur ses yeux profondément enfoncés sous des arcades proéminentes, son front dégarni, l'absence de sourire de sa bouche aux lèvres minces. Il s'est résigné à toujours avoir l'air sérieux. La leucémie l'a débarrassé du superflu : les joues, les cheveux, la fossette du menton. Elle n'a pas effacé l'acuité de son regard.

On lui a retiré son antique appareil dentaire, de peur qu'il ne s'étouffe dans son sommeil. Sa bouche est aussi plissée que les draps qu'il serre dans son poing noueux quand la douleur le prend par surprise. Le rictus du dentier, sur la table de nuit, est la dernière chose qu'il aperçoit avant de s'assoupir. Il est déjà séparé de lui-même par morceaux ; c'est une impression indéchiffrable.

Son lit occupe un coin d'une chambre aux murs blanchis à la chaux, au rez-de-chaussée de sa maison de Dalmatie. Des relents de lessive et de désinfectant ont peu à peu masqué l'odeur des plantes aromatiques accrochées en bouquets au-dessus de la porte. La gouvernante qui s'occupe de lui depuis sa maladie les change régulièrement mais elles sont impuissantes à combattre les miasmes. La pièce sent le cadavre.

Suspendu à une potence chromée, un flacon de solution incolore alimente un goutte-à-goutte fixé à la saignée du coude gauche. Depuis trente-six heures, le mourant a renoncé aux médicaments inutiles, aux calmants plus vraiment indispensables. Il a réclamé, et obtenu, deux choses : la pénombre et la solitude, jusqu'à la fin.

À travers les volets de bois, qu'il a lui-même repeints bien des fois, il entend la rumeur étouffée d'une foule. Les pèlerins sont près de neuf cent mille au dernier recensement, une marée d'humanité qui s'est arrêtée contre la clôture du jardin. Il en arrive sans cesse, par la mer ou par la route. Ils s'assoient en groupe, ils se taisent ou parlent bas. Des gélules circulent. Durant la nuit, ils allument des feux et veillent les uns sur les autres.

L'ouïe du mourant n'est plus ce qu'elle a été. Les bruits extérieurs se fondent en une vaste mer aux vagues imprévisibles. Ce n'est pas gênant, c'est juste là, comme un tourbillon dont il serait le centre.

Face au lit, le mur nu porte les traces des clous qui fixaient le crucifix aux couleurs naïves hérité de ses parents. À droite, sur une table de chevet en pin, un livre dont on dit qu'il a changé l'humanité autant que la somme de tous ceux qui l'ont précédé. Ce n'est pas un ouvrage doctrinaire ou religieux, ni un traité de stratégie.

C'est un livre de chimie.

La date de parution de l'exemplaire de chevet est vieille de vingt-neuf ans. À cette époque, les innombrables rééditions reproduisaient la même photo, celle des débuts dans les laboratoires d'Höckland-Bayer. La biographie de l'auteur ne comportait que sept lignes. Une date de naissance, suivie d'une liste de titres universitaires et de la mention : « Ceci est mon premier livre. »

Le titre en est : « La méthyl-éthyl-cyanoacétylcholine, ou empathiazine. Propriétés et méthode de fabrication. » Lorsqu'on l'ouvre au hasard, le mince volume expose des formules chimiques, en général très simples, et des schémas d'expériences, du genre que l'on peut réaliser chez soi avec une flamme, un ou deux récipients de verre et des produits ménagers. L'introduction est volontairement concise. En voici un extrait :

... Après absorption d'une dose – soit 14 mg au minimum – d'empathiazine, le sujet ressent d'abord une brève sensation de chaleur au niveau de la nuque. Puis, ses perceptions de nature empathique sont brutalement multipliées par un facteur énorme (difficile à évaluer précisément en l'absence de normes en ce domaine). On sait que l'empathie est la faculté de l'être humain qui lui permet de ressentir comme semblable à lui un autre membre de l'espèce. L'effet d'une empathie ainsi amplifiée est d'une véracité impossible à décrire. Il semble que l'empathiazine permette de partager la parcelle d'humanité que chacun de nous croit être seul à détenir.

L'effet dure entre trois et cinq minutes, puis s'estompe graduellement pendant une minute. Cette durée, ainsi que le rayon d'action de l'effet qui englobe tout humain situé à portée de vue, est indépendante de la quantité d'empathiazine absorbée au-delà du seuil minimum de déclenchement. Le produit est totalement métabolisé au bout de deux heures. Il ne semble pas provoquer d'effets secondaires particuliers, comme j'ai pu le constater ces deux dernières années durant lesquelles mes prises ont été régulières et multi-journalières.

Depuis cette époque, je n'ai plus jamais été seul.

Sur le chemin de terre qui mène à la maison, les traces d'innombrables pas s'incrustent dans la boue. Un couple se dirige vers un champ de luzerne en contrebas, hérissé de tentes multicolores. La femme est enceinte et avance avec difficulté, les mains croisées en dessous du ventre, soutenue par son mari. Leurs habits sont mouillés de pluie. La femme porte un capuchon improvisé qui lui couvre une partie du visage ; l'homme est tête nue. Il regarde sa compagne avec un mélange de tendresse et d'inquiétude. Il sait exactement comment elle se sent.

Dès qu'ils arrivent à portée de vue, des silhouettes jaillissent des tentes et l'aident à franchir les derniers mètres. On l'installe sur une pile de duvets. De l'eau chaude est mise à bouillir, des gélules changent de main et sont avalées à la hâte. Les premières contractions commencent, déclenchées par l'alchimie particulière de l'excitation et de l'attente qui naît du creuset de la foule.

Lorsque la tête rouge et poisseuse de l'enfant surgit, celui-ci n'appartient déjà plus au corps qui l'expulse. Le cordon ombilical de ses émotions est branché sur ceux qui l'entourent ; le dernier instant d'intimité avec la mère lui est arraché. Son premier cri s'interrompt très vite. Il s'endort.

Durant l'accouchement, aucune parole n'a été échangée.

Les éditions plus récentes du livre contiennent une biographie un peu plus détaillée de son auteur. On y apprend qu'il fit sa découverte à trente et un ans, peu après la mort de ses parents. Son père avait survécu aux camps de concentration de la dernière guerre et à toutes les vicissitudes d'une vie repliée sur sa ferme et sa famille ; la disparition brutale de sa femme, à l'âge de soixante-douze ans, le tua en trois semaines.

L'auteur rentra chez lui trop tard pour enterrer sa mère mais put rester auprès de son père jusqu'à la fin. Une attaque l'avait laissé incapable de parler. *Toute son éloquence s'était réfugiée dans ses yeux,* dira plus tard son fils. Le lit qu'il occupe en ce moment même est celui où ses parents sont morts.

Dans l'année qui suivit, celui qui n'était encore qu'un jeune chercheur de laboratoire démissionna de chez Höckland-Bayer, sans avoir parlé de quoi que ce soit à ses collègues. Il effectua plusieurs voyages, principalement en Russie et en Europe de l'Est, grâce au petit héritage laissé par ses parents. Les rares photos de cette époque le montrent barbu, voûté. Il ne regarde jamais l'objectif.

Il n'a pas le genre de visage dont on fait les icônes. Toute sa vie, il a ressemblé à un chimiste.

Lorsqu'il reprit un emploi, ce fut comme simple assistant dans l'unité de biochimie, à l'université de Zurich. Deux mois et demi plus tard, il posta sur l'ensemble des réseaux scientifiques l'article décrivant les propriétés de l'empathiazine, ainsi qu'une méthode de synthèse du produit, en onze étapes. Plus tard, grâce à diverses suggestions de ses collègues, ce nombre put être ramené à sept.

En parallèle, il envoya une copie de l'article à de nombreuses revues, dont *Nature* et l'édition européenne du *Scientific American,* ainsi qu'à trois cent quarante laboratoires pharmaceutiques à travers le monde. Chaque exemplaire était accompagné d'une douzaine de gélules translucides fabriquées à l'université. Le goût légèrement âcre du produit était masqué par un gel de glucose parfumé à la fraise.

En cinq semaines, il reçut plus de quatre mille demandes de contact et ne répondit à aucune. Lorsque le responsable des moyens informatiques de son unité lui signala que le nombre de messages en attente dans sa boîte aux lettres électronique dépassait le nombre autorisé par le système, il les effaça tous. Ensuite, il démissionna et revint habiter dans la maison de ses parents.

Nature publia son article intégralement. Les trois cent quarante laboratoires reçurent chacun une lettre de sa main leur garantissant le droit non exclusif de fabriquer, commercialiser et diffuser l'empathiazine. Il y eut plusieurs dizaines de demandes de brevet simultanées, dont la plus célèbre, déposée par Höckland-Bayer, donna lieu à un procès-fleuve qui dura douze ans. Aucune de ces demandes n'aboutit : suivant la décision de son créateur, la molécule de l'empathie appartenait légalement à toute l'humanité.

Une fondation fut mise sur pied grâce à l'argent que rapporta l'empathiazine. Elle avait deux objectifs : diffuser l'information et multiplier le nombre des utilisateurs. Dans une de ses rares interviews, le chercheur avoua que la découverte était en grande partie le fruit du hasard. Il regrettait simplement qu'elle soit arrivée trop tard pour que son père puisse en profiter. Il ne fit aucune tentative pour l'améliorer et s'intéressa modérément aux rares progrès dont bénéficia la molécule originale.

Par contre, la fondation l'absorba peu à peu. Il refusa dès le début tout rôle public, autant par timidité que par le sentiment aigu de sa propre incapacité à incarner le futur de l'empathiazine. Il préféra voyager. Chaque fois qu'il le put, il se rendit jusqu'aux extrémités innombrables du monde, là où les souffrances étaient les plus profondes. Il alla partout où les hommes se perdent. Sur sa paume ouverte, il y avait une gélule ; dans son autre main, souvent, de l'argent ou une arme.

Son visage, qui n'apparaissait plus que rarement dans

les magazines d'information, fut reproduit sur les listes de recherche des organisations criminelles et d'un certain nombre de gouvernements. Ironiquement, c'est l'absence de tout trait distinctif et la grisaille de son apparence qui lui permirent de survivre. À cette époque, il prenait une dose d'empathiazine toutes les heures durant ses périodes de veille. La nudité de ses émotions lui servait de bouclier.

Partout où il se rendait, au fond des bordels et des chambres de torture, au cœur des camps d'entraînement des armées de tout bord, il était précédé par un nombre suffisant de gélules pour qu'une brèche s'établisse. Lorsqu'il repartait, vulnérable, fragile et doutant de lui-même, un écho de ce qu'il était demeurait incrusté dans l'esprit de ceux qu'il avait brièvement touchés. Grâce à l'empathiazine, les bourreaux et les officiers apprirent à hésiter.

C'est ainsi qu'il vit le monde changer, et contribua en personne à ce changement.

Son esprit s'usait peu à peu au contact des aspérités des autres. Un jour, il cessa simplement de voyager et s'installa seul dans la maison familiale. Peut-être découvrit-il qu'on ne peut pas survivre indéfiniment à ses propres silences.

Peu de temps après, sa leucémie fut diagnostiquée lors d'un contrôle de routine.

Chaque nuit, des avions survolent l'étendue des tentes ceinturant la maison du mourant. À la lueur des feux qui tentent de lutter contre l'humidité, on distingue aisément les silhouettes des veilleurs. Enveloppés dans une couverture, le regard fixé sur la minuscule construction aux volets clos, ils guettent tout changement dans la mer d'émotions qui les enveloppe.

Leur rôle n'est que symbolique. Lorsque le vieillard mourra, la vague d'émotion qui déferlera emportera les rêves de ceux qui dorment. Mais ceux qui veillent savent que l'heure des morts se situe aux alentours de trois heures du matin, lorsque le métabolisme des agonisants est au plus bas. L'excitation qu'ils ressentent en voyant les aiguilles des montres se rapprocher des chiffres fatidiques les aide à rester éveillés.

Les volontaires pour une nuit blanche sont de plus en plus nombreux.

La chronologie s'enrichit ensuite de quelques dates : onze ans après son apparition, l'empathiazine était en vente libre dans quatre-vingts pays et on pouvait s'en procurer assez facilement sous le manteau dans tous les autres. Des copies du livre circulaient dans toutes les langues, parfois sous forme de cassettes parachutées dans les montagnes inaccessibles ou de l'autre côté des frontières les plus hermétiques. Le milliard de gélules vendues fut atteint au bout de sept ans mais le chiffre doubla en quatre mois. Puis ce fut l'explosion de la demande, jusqu'à ce que la production se stabilise à soixante gélules par individu et par an.

Vers cette époque, un arrêté de la Cour européenne de Justice rendit illégale toute transaction au-delà d'un certain montant si les deux parties n'avaient pas absorbé d'empathiazine au moment de la signature. Cet arrêté entérinait un état de fait. L'empathiazine n'avait rien à voir avec un détecteur de mensonges, même si elle pouvait parfois jouer ce rôle, mais la duplicité partagée était vraiment trop inconfortable.

Il y eut de nombreuses tentatives de cultes basés sur l'usage en commun de l'hostie de partage, comme on baptisa très vite les gélules. Lorsque les membres des congrégations ressentirent les doutes de ceux qui prétendaient les guider, ils désertèrent les temples.

Les Alcooliques Anonymes découvrirent que la prise régulière d'empathiazine leur permettait de mieux résister à l'alcool, en les protégeant de l'attraction de leur propre solitude. Pour cette même raison, les psychanalystes en déconseillèrent l'utilisation à leurs riches patients aussi longtemps que leur profession subsista.

L'empathiazine n'avait aucun effet amplificateur d'orgasme. Elle ne rendait pas les gens meilleurs, elle ne guérissait aucune maladie connue. Pire, elle privait ceux qui en prenaient des protections de l'indifférence...

Un demi-siècle après la découverte, son auteur est en train de mourir dans l'ancienne chambre de son père. Au-dehors la foule de ceux qui partagent cette perte retient son souffle. À travers les volets clos, il entend le froissement d'un million de cœurs silencieux et la rumeur d'autant de murmures. Mais, depuis son réveil, il n'écoute que les signaux que lui envoie son corps mourant.

Soudain, le bruit d'un cristal qui se brise le tire de sa torpeur. Sur la toile vierge du mur qui lui fait face, un halo de lumière rose se forme, impassiblement rond. Lorsque son diamètre atteint la hauteur d'une porte, sa couleur se stabilise quelque part entre le rouge sombre et le violet. Puis des silhouettes indistinctes surgissent à l'intérieur du cercle.

Le mourant songe qu'on a rajouté des drogues dans le goutte-à-goutte, malgré ses ordres stricts. Le peu d'énergie qui lui reste est mobilisé. Il bat des paupières, inspire à fond. Une douleur exquise au creux des reins achève de le réveiller.

Le cercle peint sur le mur acquiert de la profondeur, devient un tunnel étiré à l'entrée duquel se tiennent trois personnages : un homme, grand, le sourire figé, une femme aux cheveux très courts et un enfant d'une dizaine d'années, sans doute un garçon. Durant cinq à six secondes, les trous laissés par le crucifix sont visibles à travers le visage immatériel de la femme puis, avec un petit sursaut, les apparitions s'arrachent du mur.

À cet instant, la rumeur d'une foule innombrable jaillit du tunnel et se superpose à celle venue du dehors que filtrent les volets obstinément clos. Des millions de présences immatérielles envahissent la chambre. La main décharnée du vieillard agrippe la télécommande du lit ; en grinçant à peine, le dossier se redresse.

Derrière les apparitions, le malade aperçoit d'autres silhouettes indistinctes puis le tunnel s'aplatit en cercle et le cercle se réduit à un point. Devant le mur blanc, les trois visiteurs le dévisagent.

— C'est bien lui, murmure la femme avec émerveillement. Et il n'est pas encore mort.

Elle échange un sourire avec l'homme, tout en plaquant la tête de l'enfant contre son ventre. Il se dégage d'une secousse et s'avance vers le lit. Il y a dans son regard quelque chose d'incompréhensible, une curiosité mêlée d'avidité inimaginable à son âge. Jamais le mourant n'en a vu de semblable chez quiconque, ni chez les bourreaux qu'il gavait de force de gélules, ni chez les victimes que l'empathiazine ne soulageait jamais.

— Nous sommes venus vous remercier...

La voix de l'homme est emplie d'émotion. Les lèvres de la femme ont esquissé les mots en même temps.

— Nous venons de votre futur, cent quatre-vingt-seize ans d'ici. Je vais parler lentement pour que vous compreniez bien ce que je dis. Ce que nous vivons maintenant est exceptionnel et ne se reproduira sans doute jamais : le voyage dans le temps gaspille trop d'énergie. Il a fallu dépenser soixante-quinze jours de la consommation mondiale pour ouvrir la brèche et venir vous voir !

Il attend un commentaire qui ne vient pas. Le vieillard à demi redressé se contente de le regarder.

— Vous êtes sûr d'aller bien ? demande la femme. Je ne comprends pas ce que vous ressentez.

— Nous devons être assez déroutants, la rassure l'homme. Heureusement, j'ai apporté ce qu'il faut.

Il ouvre la main ; au centre de sa paume, une sphère de la grosseur d'un œuf de caille se détache dans la pénombre comme un bourgeon de chair. Elle est d'un rose agressif, presque fluorescent, parcourue de veines noires. Avec précaution, presque avec révérence, il la pose sur les draps. Elle roule jusqu'à la légère dépression entre les cuisses et s'immobilise.

— Ceci est un gel à diffusion lente saturé de para-empathiazine-cinq. Une nouvelle molécule, inspirée de vos travaux. Nous avons brisé la barrière de la durée et augmenté, dans une proportion d'un à mille, le rayon d'action. L'effet d'une seule prise dure environ quarante-huit heures et implique un contact avec tout être humain dans un rayon de plusieurs kilomètres.

« Nous avons déchiré le voile du temps pour vous l'offrir. L'humanité vous la doit.

L'homme s'interrompt, dérouté par l'expression hostile qui se forme peu à peu sur le visage du moribond. D'une pression de la main, la femme l'encourage à poursuivre :

— Nous réservons la para-E-cinq à ceux qui vont mourir, afin qu'ils puissent partir dans la chaleur de ceux qui les entourent. Ils sont plus d'un million, là dehors, si nos archives n'ont pas menti. Nous aurions aimé nous joindre à eux pour vous faire sentir à quel point l'humanité vous est redevable. Grâce à vous, nous connaissons la paix. Cette gélule sera notre porte-parole.

« Gardez-la dans votre bouche et mordez quand le moment sera venu...

— Cela viendra comme une mer, ajoute la femme.

Puis un sifflement très léger se fait entendre et le mur derrière eux se pare à nouveau de couleurs sombres. L'homme ouvre la bouche, puis se ravise. Il se contente de hocher la tête en direction de la sphère rose posée sur le blanc froissé du drap.

L'enfant s'est glissé entre ses parents. Leurs silhouettes en contre-jour, nimbées de violet, évoquent une hydre au corps unique dont les multiples têtes se partagent le même sourire.

— S'il vous plaît ? demande-t-il. Ça fait quoi de mourir quand tout le monde vous aime ?

Le mourant tente de répondre mais sa bouche privée de dents n'a su que gargouiller. Avec un ensemble parfait, les trois visiteurs se penchent afin de lui arracher la réponse. Il devine que chacun d'eux absorbe ses émotions avec avidité et s'étonne d'en avoir si peu. La mort est décidément trop proche.

C'est muré dans son propre silence qu'il voit le tunnel s'ouvrir et emporter ses visiteurs vers le présent qui leur appartient.

Durant les heures qui lui restent, il entend la merveilleuse musique de ses artères qui s'obstinent à battre. Il tend l'oreille pour sentir ses cellules lâcher prise l'une après l'autre. Sa propre mort, pour peu qu'il se concentre, est une partition écrite à son intention dont il peut déchiffrer chaque note, à condition de ne rien écouter d'autre.

Il ne pense plus à ses visiteurs, au futur où la paix règne enfin grâce à sa découverte. Il ne cherche même pas à imaginer ce qui a pu remplacer l'excitation indispensable de la violence et de la guerre. Le monde a rétréci. Dehors il y a la foule, cette pâte humaine qui gonfle sous le levain de l'empathiazine et qu'il a effacée d'un effort de sa volonté. Leur curiosité avide ne le concerne plus. La chambre paternelle au crucifix absent a disparu ; sur la table de chevet, le livre, son livre, est redevenu page blanche.

Il a fermé les yeux. Un filet de mucus a soudé ses paupières. Sous ses doigts, l'étoffe du drap acquiert un relief extraordinaire. Chaque fil doit être exploré comme un chemin possible. La douleur diffuse du goutte-à-goutte s'irradie en arcs-en-ciel.

Il s'écoute. Il se tait.

Entre ses genoux, la gélule rose oscille au rythme de sa respiration. Dans un dernier sursaut, il trouve la force de l'expédier sous le lit. Sa mort est à lui, en lui, pour lui. La bataille ultime. Elle est tout ce qui lui reste.

Il ne la partagera avec personne.

Jean-Claude DUNYACH

Né en 1957, il est ingénieur à l'Aérospatiale. Écrivain, il a publié une soixantaine de nouvelles et plusieurs romans de science-fiction, recevant au passage divers prix littéraires. Après Étoiles mortes, *en 1991, il a écrit* Étoiles mourantes, *en collaboration avec Ayerdhal (J'ai lu, collection « Millénaires », 1999), couronné par le prix Tour Eiffel du roman de science-fiction dès sa parution.*

Jacques Salomé

Et d'abord pourquoi faut-il toujours se battre pour avoir la paix ?

L'instit depuis le début de l'année avec le changement de siècle et tout le cirque, il veut nous apprendre la paix. Il nous a dit, avec une voix grave, en nous regardant tout au fond des yeux :

— Regardez autour de vous, il y a la guerre partout dans le monde, au Rwanda, au Kosovo, en Turquie, en Birmanie, en Tchétchénie, en Amérique du Sud, au Timor, on torture, on emprisonne, des millions d'enfants meurent de faim, et la violence déferle même dans les banlieues.

— C'est quoi déferler, monsieur ? a demandé Aldo.

— C'est comme les vagues de la mer, quand il y a un raz de marée qui recouvre tout.

— Moi, j'ai jamais vu la mer déferler dans mon quartier, il n'y a que les sacs d'ordures qui déferlent partout dans la rue quand les Blacks des poubelles, ils font grève...

— Bon d'accord, je voulais dire que la violence sous ses multiples visages, vols de voitures, drogue, agression de personnes âgées, viols, pillages de boutiques, tagages de murs, est aujourd'hui présente et peut faire irruption dans la vie de chacun d'entre vous !

Et même ici dans la cour de l'école, dans les couloirs, à la sortie c'est souvent la bagarre. Il n'y a que dans cette salle où je maintiens un îlot de paix ou dans vos familles que vous pouvez respirer...

— Dans ma famille c'est pas la paix, maman fait la guerre à papa, ma sœur à mon petit frère, et mon grand frère à moi, chaque fois que je ne suis pas d'accord avec lui !

— Ça c'est des conflits normaux, a dit l'instit, qui peuvent s'arranger en discutant, en proposant des concessions, en faisant preuve de tolérance. Avec un peu de bonne volonté on peut toujours arriver à s'entendre.

— Alors quand c'est un conflit normal on peut se taper dessus normalement !

— Non, bien sûr, mais on va parler de tout ça, un peu tous les jours. Je voudrais qu'on réfléchisse ensemble à tout ce qu'il serait possible de faire pour qu'il y ait un peu plus de paix dans le monde !

Alors Bébert est intervenu comme chaque fois « qu'il veut se faire l'instit », le coincer, le mettre *out*, il parle de cul.

— Mon oncle Antoine, qui sait tout, nous a dit qu'autrefois il y avait les maisons de tolérance où on pouvait tout faire, mais on les a fermées ! Alors il dit que l'intolérance est arrivée jusque dans la chambre conjugale, que les femmes aujourd'hui elles refusent même de faire l'amour quand nous les hommes on a envie ! Mon tonton il dit que ça marche pas avec lui. Il lui donne sa dose à tous les coups à sa meuf !

Le maître est resté silencieux un moment, puis il a dit :

— De ça aussi on va discuter sérieusement. Des relations hommes-femmes sans violences ! Apprendre à vivre en paix ensemble, c'est possible, d'ailleurs...

— Faire la paix, c'est trop con, si c'est se faire baiser par un plus fort, sans rien dire. Moi je marche pas dans cette combine pourrie. Moi, la paix je l'encule tout cru, je vais pas me faire avoir par tous les tordus... La paix c'est Canal + quand t'as pas le décodeur, t'es camembert !

— Ahmed, je t'ai souvent demandé de ne pas toujours utiliser de l'argot ou des mots grossiers pour donner ton point de vue. Je sais qu'il est toujours intéressant et percutant, mais il y a d'autres façons de s'exprimer...

— Je suis pas grossier, je dis les choses normalement. Quand je veux parler comme vous à la maison, ils me disent : “Arrête de déconner avec des mots qui sont pas à nous !”

« Dans mon HLM ils sont tous prêts à me foutre une giga baston, à me tomber dessus si je parle pas français comme eux.

« Et puis vous ne les connaissez pas, dans mon coin, ils démarrent sans déclaration de guerre. Joff, il dit au gros Zia : “Tape-lui sur le museau à ce con, il nous fait gerber avec ses salades…” »

Le maître a une technique à lui.

« Je ne m'occupe ni du fond, ni de la forme, mais du sens. C'est le sens qu'il faut atteindre. »

Ainsi, il ne se décourage jamais. Mais je vois bien, que quand il nous parle de paix, il est en pétard à l'intérieur, tout au fond de lui. La guerre chez lui c'est au-dedans qu'elle se passe ! Elle déborde pas, mais ça craint !

Ça doit faire un boucan du diable dans son bide, parce qu'il doit faire sans arrêt la paix avec lui-même, pour essayer d'avoir un peu de paix au dehors et surtout en classe ! Nous, on profite de tout, on ne laisse rien passer.

Le maître, son point faible, c'est qu'il veut comprendre, expliquer et tout arranger. Chaque fois qu'il y a un conflit normal ou pas, sitôt qu'il en a deux qui se pètent la gaufrette, il arrive et nous oblige à discuter, à nous parler. Il voudrait qu'on soit copains à nouveau, alors qu'on l'a jamais été !

« En mettant des mots on évite de mettre des maux », c'est sa phrase favorite !

La semaine dernière par exemple, il nous a demandé de travailler sur les expressions suivantes :

Faire la paix. « Mais avec qui ? a dit Farid, ils sont tous contre moi ! »

Avoir la paix. « Mon père il a la paix quand il a foutu une bonne avoine à ceux qui le dérangent quand il écoute la télé pour s'endormir à tous les coups devant », a souligné Myriam.

Être en paix. « C'est presque comme reposer en paix, c'est trop tard ! » Ça c'est Danielle, qui est souvent triste — « *C'est pas marrant d'être jolie.* » Tout le monde dit que c'est la plus jolie de l'école, qu'elle devrait faire du cinéma…

Trouver la paix. « D'abord faudrait la chercher. On a

pas le temps quand l'autre te cogne», se met à hurler Martin...

Foutre la paix à l'autre. «Ne pas lui marcher sur les pieds ou le contredire. C'est difficile pour un gars comme moi, j'ai un point de vue sur tout.» Là c'est moi qui parle.

Vivre en paix. «Il paraît qu'autrefois il y avait des gens qui vivaient en paix, après qu'il y avait eu la guerre!», a chuchoté Sophie qui a toujours peur de dire des bêtises.

Notre maître il est vraiment particulier. Il ne s'énerve jamais avec nous. Faut dire que nous, on a souvent envie de l'énerver, comme ça on gagne toujours un peu de temps sur le calcul et la géo ou d'autres matières chiantes. Il a une sacrée réputation dans l'école. Nous, on l'appelle Victor Riant, son vrai nom c'est Jean Rieur. Il rit souvent, mais jamais de nous.

C'est un homme gai qui a dû être très malheureux.

Ce matin, avant notre arrivée, il avait écrit au tableau:

C'EST EN FAISANT LA PAIX AVEC SON ENNEMI INTÉRIEUR QU'ON PEUT FAIRE LA PAIX AVEC SON ENNEMI EXTÉRIEUR.

Kévin, il a aussitôt commenté à haute voix:

— Je vais pas perdre du temps moi avec mon ennemi intérieur, je le connais même pas, je préfère garder mes forces pour les guignols qui veulent me faire une grosse tête à la sortie, parce que j'achète pas leur poudre!

Moi, je ne vous l'ai pas encore dit, je m'appelle Jérémie, j'ai onze ans et demi, presque douze quand je me tiens droit. J'ai jamais connu la paix à l'intérieur de moi. Il y a trop de choses dans ma tête qui se bousculent et même qui se combattent dur! Entre ma tête et mon corps il y a plein de désirs contradictoires. Je veux tout, des fois en même temps et d'autrefois pas en même temps!

Vous l'avez compris, j'ai du mal à être d'accord avec moi-même, alors avec les autres, vous pensez, j'arrive toujours en retard.

Le maître, souvent, il est du côté des filles. Il veut nous donner l'exemple. Comment il faut se conduire avec elles, ne pas les bousculer, leur parler gentiment, accepter leurs points de vue. Parce que pour nous, les belettes, elles font pas le poids. Il faudrait qu'on soit des moins que rien pour être d'accord avec elles, surtout en public. Devant les autres, faut les jeter, les gisquettes !

Ce que le maître n'a pas l'air de savoir, c'est que faire la paix avec les autres ou simplement vivre en paix avec soi-même c'est vachement pas facile quand on est petit. Je veux dire quand on est plus petit que tous les autres enfants du même âge que toi ! Au fond de moi je ne suis pas méchant, j'en veux pas aux autres, je leur fous la paix. C'est jamais moi qui cherche la bagarre, c'est la bagarre qui vient toujours me chercher. En plus, depuis un mois je suis calme, méga-calme. Je suis dans mon coin, je rêve, je pense à Monica. Je pense qu'à elle depuis que je suis amoureux et qu'elle le sait parce que je l'ai dit à sa meilleure copine, qui devait pas le lui dire mais qui devait quand même le lui faire savoir !

Monica, elle a dix ans, c'est une beubon. Elle a pas encore d'airbags là où il faut comme sa sœur, mais je sens qu'ils vont pousser très vite.

C'est drôle les autres, c'est comme s'ils ne supportaient pas que tu sois bien, que tu sois simplement content, joyeux. Ils trouvent ça suspect, ça les inquiète, alors ils te foutent la haine. Il suffit que tu souris, que tu te sentes bien, alors ils te tombent dessus sans prévenir.

Moi, tout au fond de moi, mais je l'ai jamais dit à personne, je crois que la source de la paix, c'est l'amour, le vrai.

Depuis que je suis en amour, je vois les autres plus gentils, plus beaux, plus vivants, même les plus cons je les trouve changés. Mais il y a quand même plein d'embrouilles qui m'arrivent dessus. Parce que je suis devenu distrait, inattentif, dit le maître.

— On dirait que tu ne vis plus avec nous, que tu planes, faut s'accrocher il y a des choses sérieuses dans la vie ! »

Le maître lui, il poursuit son idée, ma parole il nous prend la tête, il voudrait faire une année de la paix !

— On approche du troisième millénaire et ce sera le siècle de la Paix !

— Alors on pourra plus se bagarrer, on devra se laisser taper dessus sans rien dire ? Moi je ne suis pas d'accord !

Julos, il va au plus simple, lui. Les grandes idées sur la paix il s'en balance, il veut du concret. L'école, quand elle est trop loin de nous, quand elle nous entraîne dans les grandes idées sur le vaste monde, l'humanitaire, la politique, on décroche tout de suite. Quand on est gosse, on galère entre tellement de choses, la famille, le quartier, les copains, les autres, tout ce qui échappe aux grandes personnes.

Les adultes c'est comme des zombies, ils passent au-dessus de nos têtes sans rien voir, sans rien entendre. Dans notre coin, le monde de l'enfance, il n'a pas beaucoup d'espace, coincé qu'il est entre l'impuissance et le désespoir.

Et puis, autour de nous il y a la vraie vie, une vie pleine de vide, celle où on n'est sûr de rien. Bien sûr, il y a le ciné, la télé surtout. Là, tout est différent, on sait que ce n'est pas vrai mais on fait comme si c'était vrai quand même, pour boucher les trous qu'il y a dans la réalité.

Le maître, il sent bien qu'il doit être concret, réaliste, qu'il doit nous faire un enseignement de proximité, comme j'ai entendu à la télé, un ministre qui parlait avec des mots à lui.

Notre instit je l'ai pas vu venir avec son truc. Après les vacances de la Toussaint il a arrêté de nous faire des discours avec ses grandes idées sur la paix, il s'est mis à notre niveau. On discute de la vie, de la nôtre, enfin, de ce qu'on peut en raconter, parce que dans notre cité il faut surtout savoir la fermer. Et puis il a fait un truc, l'instit, là il a fait fort.

Ce qu'il a fait je vais vous le dire, c'est un vrai travail de pro pour la paix ! Alors là, chapeau. Maintenant que c'est terminé je peux tout vous raconter en détail.

Ça a commencé mine de rien, sur une petite phrase de rien du tout :

« Ce n'est pas tous les jours Noël. »

— Que signifie cette expression ? a demandé le maître.

D'abord il faut que je vous dise pourquoi les élèves des autres classes, ils l'appellent pas Jean mais Victor, notre prof. C'est à cause de l'instit du feuilleton. Pas seulement à cause de sa doudoune et de sa moto, de moto il n'en a pas, mais c'est parce qu'il est gentil. C'est lui qui a appris à Aïcha, la grand-mère de Leïla, à lire et à écrire en français. Il est fort, Victor !

— C'est pas tous les jours Noël, car en classe on doit toujours répéter la question du maître. C'est pas tous les jours Noël, parce que c'est l'anniversaire de Cédric, mon frère, a répondu Jan-Noël (sans e).

Jan-Noël, il veut toujours répondre en premier, surtout quand il ne sait pas. Il n'a pas sa langue dans son blouson.

— Non, répond aussi sec Arnaud, qui a toujours besoin d'être contre quelqu'un, c'est pas tous les jours Noël, c'est parce qu'il y a classe. À Noël, on s'embête pas à aller en classe, c'est tous les jours jour de congé... !

— C'est pas tous les jours Noël, parce qu'il y a la guerre chez les Yougos, en Bosnie.

« Mon grand frère, même qu'il a vu plein de macchabées dans un trou. Il est Casque bleu, mon frère, même que je l'ai mis son casque et que les keufs ils voulaient me le piquer. Dans le trou au Kosovo ils étaient tous mélangés et même qu'on savait plus s'ils étaient des hommes ou des femmes, il a dit mon frère, même qu'ils les a vus violés !

« C'est pas beau à voir ! »

Là, c'était bien parti, chacun pouvait dire son point de vue, c'est chouette, la classe quand on peut parler de tout !

Victor, notre maître, il prend tout ce qui vient de nous et il en tire toujours quelque chose d'intéressant. Un jour, dans la cour de récréation, Mélanie l'a entendu dire aux autres profs : « Moi je prends tout ce qui vient de la classe, comme si c'était du Molière, et j'en fais quelque chose avec eux. C'est passionnant... de s'appuyer sur ce qu'ils disent ! »

L'autre prof il lui a répondu : « T'es pas difficile, t'as vu comme ils nous parlent ces débiles ! »

Mélanie avait reçu une gifle de son père, parce qu'elle avait répété le soir même : « On est des molières » et qu'il avait cru entendre qu'elle disait : « On est des Meulières. » Meulière dans le quartier, c'est une insulte de ceux de la cité des Érables, où il n'y a jamais eu d'érables. Les érables c'est tout en sirop au Canada !

« Les meulières c'est des béciles, ils ont rien dans le disque dur, ils bossent à l'usine ! », répètent les gosses des autres cités dont les parents chôment dur.

— C'est pas tous les jours Noël, parce qu'il faut travailler tous les jours, surtout quand on est chômeur.

Ça c'est Momo, le jumeau de Zoé.

Du chômage, ces deux-là, ils en parlent tous les jours, c'est leur pain quotidien.

— Parce que quand on est au chômage, il faut quand même travailler tous les jours, mais en cachette, si on veut pas crever de faim. Le travail, il ne tombe pas du ciel, il faut aller le chercher loin, à l'autre bout de la ville. Et d'ailleurs aujourd'hui il faut se cacher pour travailler. Il est fainéant le travail, il se déplace jamais vers vous, il faut toujours courir après...

Une phrase comme ça, aussi longue d'un seul coup, sûr c'est le père des jumeaux tout craché qui parle en eux.

— Nous, c'est Noël quand Papa ne crie plus ou qu'il ne frappe pas trop fort, quand il a bu. Des fois, c'est quand même chouette, quand il a bu, il tombe tout de suite dans l'entrée, dès qu'il voit Maman qui l'attend derrière la porte avec le balai. Mais des fois, il tombe de suite sur le divan avec elle et Maman dit : « Vous pouvez faire un tour dehors, ce soir les enfants, c'est Noël ! », se marre Jeannot.

Et quand Jacky nous dit certains matins : « Hier soir c'était Noël ! », on comprend qu'il n'a pas été battu.

Le maître, il s'est justement appuyé sur la phrase de Jacky pour lancer sa fusée sur la paix...

Maintenant c'est vraiment parti, dans la classe, grâce à Jacky, pour :

— C'est Noël quand il se passe quelque chose d'inattendu, de nouveau, d'insolite !

Alors là on en a à dire !

Nous, on est plutôt pour ce qui est que pour ce qui n'est pas.

Antoine a enchaîné aussi sec.

— C'est Noël quand ils se sont trompés aux allocations.

— C'est le père Noël qui a posé son doigt sur l'ordinateur, a dit son frère qui s'y connaît. Ils ont payé deux fois, et la deuxième fois en comptant onze enfants au lieu de quatre. Ce mois-là, le père Noël il était beurré !

Sara a levé le doigt, pour dire : « L'autre jour c'était presque Noël ou tout comme, parce que Maman, elle voulait donner ma poupée au Secours catholique pour les enfants de Roumanie. Celle qui avait un bras cassé et un œil en moins, mais qui m'écoute et me console toujours quand je suis triste, parce que ma poupée elle m'aime !

« Parce qu'il faut donner à plus pauvre que soi, c'est le bon Dieu qui l'a dit. Le bon Dieu il nous le rendra. »

« Il nous le rendra mon œil, a dit mon père, on peut compter que sur nous... Dieu il y a longtemps qu'il ne croit plus en l'homme. »

Maman de toute façon elle vote pas communiste.

« Je ne veux pas être une rouge ! », elle crie chaque fois qu'il faut voter.

« Mais on n'est plus rouges aujourd'hui, a dit papa. On est normaux, même les Américains, ils nous parlent, ils cohabitent avec nous, ils veulent implanter le capitalisme en Russie ! »

Il sait parler de tout, comme à la télé, papa !

— Maman elle a pas donné ma poupée, même si elle disait : « T'en a plus besoin maintenant, t'es grande, tu as des jeux téléguidés comme tous les enfants. » Oui, mais mes jeux téléguidés, je les avais demandés au père Noël, pas pour moi, mais pour mon frère, qui m'avait dit qu'il me laisserait tranquille, qu'il arrêterait de me tripoter sous la jupe, si je faisais ça pour lui. Je l'ai fait, mais il m'a pas laissée tranquille. Alors ma poupée, même cassée, j'en ai quand même besoin. Maman n'a pas osé la donner, car au dernier moment, les enfants de Roumanie, ils auraient pu croire qu'on était plus pauvres qu'eux, lui a dit la voisine. C'est ça qui l'a retenue maman... Elle n'a pas donné ma poupée qui m'aime, parce qu'elle voulait pas que des étrangers ils sachent qu'on était pauvres ! »

Victor on l'aime bien et même on le respecte lui. On lui crève jamais les pneus de sa voiture. Mais surtout depuis qu'on sait que c'est grâce à lui que Leïla n'a pas été placée à la DDASSE.

Là aussi il faut que je vous raconte, car c'est une histoire compliquée, qui a duré tout le reste de l'année scolaire. La dame de la DDASSE, l'assistante pas sociale du tout, à la rentrée des vacances de Noël elle avait été catégorique en parlant de Aïcha, la grand-mère de Leïla.

« Cette petite, elle peut pas continuer à vivre avec cette femme (la grand-mère de Leïla, elle l'appelle une femme, comme si c'était un chien!) qui est trop vieille et qui ne sait même pas lire le français! »

C'est là qu'on avait tous vu que la dame de la DDASSE, elle connaissait pas Aïcha, que toute la cité elle, elle connaissait comme quelqu'un de respectable, d'honorable et qui en a sous la jupe! Tout le monde, quand on la voit passer, s'incline vers elle. Et en plus dévouée et « très intelligente pour une musulmane ». C'est la caissière de la supérette qui l'a dit à maman. C'est pas parce qu'elle a soixante-dix-neuf ans, Aïcha, et qu'elle tient debout avec le vent. On croit toujours qu'elle va tomber, mais un petit coup de vent à droite, un petit coup de vent à gauche, crac boum, elle tient toujours debout. Je ne l'ai jamais vue tomber et puis surtout Aïcha elle sait raconter des histoires pleines de contes, qui nous font rire et pleurer en même temps.

Aïcha elle a un conte pour toutes les situations de la vie.

C'est Victor qui a eu l'idée de la faire venir à l'école, tous les vendredis. On termine la semaine avec elle. Moi ce que j'aime c'est le conte du grand paresseux. Mais l'assistante de la DDASSE, elle ne sait rien de tout ça. Elle disait chaque fois : « Cette petite, elle ne peut pas rester avec quelqu'un d'aussi inculte, d'inadapté à la vie sociale, elle est en danger! Il faut la mettre dans un foyer ou au pire dans une famille d'accueil, même si à la campagne ils n'aiment pas beaucoup qu'on leur place des Maghrébins on en trouvera toujours bien une! »

« Le pire pour Leïla c'est que ses parents, les vrais, ils ont été embarqués par le FIS. Mon oncle Raymond il dit que le FIS c'est des intégristes mais violents, qui ne croient plus au père Noël depuis longtemps! Il dit que le FIS, c'est des bougnouls plus bougnouls que les bougnouls, qui veulent nous apprendre à vivre et que c'est pas demain qu'ils vont continuer à nous emmerder, si ça continue...

Là, Raymond il est un peu à court. Il attend les prochaines consignes. Depuis qu'il vote plus à gauche, il vote à l'autre extrême et des fois il est en manque Raymond, dans les arguments !

Le résultat c'est que Leïla, elle n'a plus de parents, elle n'a que sa grand-mère pour mère, pour père, pour frère et sœur. Une grand-mère tout-terrain comme les Toyota du Paris-Dakar ! Donc, si vous m'avez suivi, c'est Aïcha qui l'élève et qui nous raconte en plus des histoires pleines de contes, tous les vendredis.

L'argument choc de la dame antisociale de la DDASSE, c'est que la petite ne pourra jamais passer en sixième, s'il n'y a personne à la maison pour lui apprendre la propreté et lui faire faire ses devoirs en français. Et puis, et puis avec tout ce qui se passe aujourd'hui dans les cités, faut faire attention, Leïla elle va pas rester vierge longtemps, si elle a pas un grand frère pour la défendre...

« De toute façon des vierges, il n'y en a plus au jour d'aujourd'hui... a dit Papa, même ta mère elle était plus vierge après m'avoir connu ! »

Là, papa et maman ils ont ri ensemble, c'est pas souvent, mais Maman a dit : « Arrête avec ça, qu'est-ce que va penser le petit ? » Le petit en a vu et entendu beaucoup plus qu'ils ne le pensent !

Eh bien, tenez-vous bien, Victor, en trois mois et demi, pas un jour de plus, d'entraînement intensif et de sueur, chez lui et chez Aïcha, et bien tout seul, sans dopage comme ils font les athlètes du Tour de France et même des Jeux olympiques, il lui a appris la lecture et un début d'écriture, à Aïcha. C'est pas fort ça ?

Nous, par la fenêtre de la classe, on voyait Aïcha qui tirait la langue et qui essuyait souvent ses lunettes.

On l'avait jamais vue avec des lunettes, elle faisait moins vieille que dans la vie avec ses yeux fatigués. Leïla nous tenait au courant des progrès, elle était chargée de faire réviser tous les jours sa grand-mère. Elle nous disait que c'était pas facile à cause de l'arthrose et des rhumatismes pour tenir le bic.

Et puis en juin, Victor il a convoqué la dame de la DDASSE, qui disait « que c'était un scandale, qu'on pouvait pas laisser cette petite dans un milieu dangereux ».

La dame de la DDASSE, elle s'est assise dans la classe, à la place de Leïla, et c'est Aïcha elle-même, sans play-back, qui lui a lu le règlement du code de la Famille, qui disait qu'on doit laisser les enfants à leur famille chaque fois que l'intérêt de l'enfant est en jeu et même s'ils sont en sixième et plus tard encore. Parce que la famille c'est le fondement de la société... et que des fois c'est plus économique pour tout le monde...

Aïcha ne comprenait pas tout, parce qu'elle est d'une autre société à elle, plus ancienne que la nôtre. Mais les mots qui sortaient de sa bouche étaient les mêmes que ceux du papier.

La dame de la DDASSE a été écœurée.

— Si maintenant vous perdez votre temps à apprendre à lire aux Arabes qui en plus sont vieux, faut pas vous étonner s'ils savent lire des prospectus pour fabriquer des bombes... si c'est ça préparer la paix ?

Là, elle s'est emmêlée dans les cocotiers, parce que mon frère, il m'a dit :

— On n'a pas besoin de prospectus pour fabriquer des bombes, il suffit d'en avoir là.

Il a montré sa braguette. Mon frère, il a toutes ses idées dans sa braguette, c'est inépuisable !

C'est vrai, c'est pas tous les jours Noël, mais il y a des jours où c'est mieux qu'à Noël. Quand Leïla elle est arrivée ce matin-là, avec le papier officiel du juge, qui disait qu'elle pouvait rester avec sa grand-mère, toute sa vie si elle voulait... Ça voulait dire même après la sixième. Vous auriez dû la voir, elle était si mignonne, qu'il y en a eu plusieurs à être tombés amoureux d'elle, à cet instant ! Moi un petit peu aussi, mais comme Monica m'a dit avant-hier qu'elle m'aimait, alors là je vais pas craquer pour une autre caille. En plus on doit bientôt se dire encore plein de choses, de bouche à bouche.

Leïla nous a demandé la permission d'embrasser Victor. C'est normal parce que ça ne se fait pas en classe entre prof et élève et puis avec toutes ces histoires de pédophiles à la Dutroux, ça ferait mauvais genre.

Victor il ne savait plus où se mettre, il était tout rouge. Peut-être qu'il va voter communiste !

Même si on n'y croit plus nous au père Noël, c'est

quand même bien de l'avoir inventé, on en a besoin de temps en temps quand même !

Et puis pour la paix, d'abord, je crois qu'on n'a jamais vraiment essayé d'avoir la vraie paix dans le monde. Des fois un peu d'accord, mais jamais tout à fait parce que ça nous obligerait, chacun, à changer ! À changer notre regard sur soi-même, sur les autres et surtout à commencer à s'aimer un peu plus.

Alors moi j'ai envie de vous dire, l'amour et le père Noël, c'est-à-dire l'espoir qu'il y a de la bonté en chacun, ça, c'est la base de la paix. Je ne sais pas dans le monde, mais dans notre classe ça marche. Je trouve que c'est un bon début pour un avenir qui va à toute vitesse vers l'an 3000.

Si vous n'êtes pas d'accord, moi je suis capable de vous péter la gueule !

Jacques SALOMÉ

Psychosociologue spécialiste de la communication, écrivain et poète, il est l'auteur de plusieurs best-sellers, parmi lesquels Parle-moi… j'ai des choses à te dire *et* Contes à guérir, contes à grandir, ou le courage d'être soi. *Ses livres développent les thèmes de la responsabilisation de chacun vis-à-vis de son propre changement, pour soi et pour la vie qui nous entoure. Il a publié, en 2003, un recueil de nouvelles,* Je croyais qu'il suffisait de t'aimer, *aux éditions Albin Michel.*

Christiane SINGER

Ensemble

La paix ?

Les adultes standard veulent seulement qu'on la leur fiche – et, le plus tard possible, reposer en elle.

Aussi qui l'inventerait, la paix, sinon les enfants ?

Du moins aussi longtemps que les écrans mornes et lugubres n'ont pas vomi dans leurs yeux de lumière toute la hideur du monde !

Les enfants dont je vais conter l'histoire avaient – j'en mets ma main à couper – ce tison toujours avivé au fond de leurs prunelles, cet éclat de joie qui vous incendie le cœur en moins de deux quand vous n'avez pas blindé les portes.

Pourquoi étaient-ils joyeux ?

Je crois que tous les enfants le sont jusqu'à ce que vous leur demandiez pourquoi.

Objectivement, en effet, ces enfants-là n'avaient pas de « raison » d'être dans la joie : pieds nus, mal vêtus, mangeant sans doute à la sauvette dans du fer-blanc, souvent la morve au nez et les cils collés. Mais leur « raison » – en était-ce une ? – était superbe : ils étaient vivants !

Pour les nantis, à l'autre bout du monde, être vivant, c'est comme être repu, nourri, abreuvé, épouillé, vêtu, cela ne mérite pas qu'on s'y attarde. Mais pour ces enfants, cela n'allait pas de soi !

Ils n'en revenaient pas d'être vivants, de sauter, de bondir, de s'accroupir, de chanter à tue-tête, de voir au sol en plein midi onduler la chaleur comme un insaisissable serpent aux mille anneaux..., d'être là, seulement là, dans la généreuse et brûlante poussière de l'Afrique, là, là, témoins de la Vie !

Oui, vous l'avez compris, mon histoire se passe en Afrique. Je la dois à un merveilleux jeune homme de quatre-vingts ans : le philosophe et mystique Raimund Panikkar.

Marc, un jeune ami américain, décide d'éviter le service militaire et s'engage dans le service social pour une année. Il se retrouve moniteur de sport dans un village africain. Grâce au sport, pense-t-il, il ne sera pas contraint de faire passer des modes de vie, des dogmes, des idéologies. Il pourra rencontrer des jeunes dans le seul plaisir du mouvement et les inviter à se dépasser dans l'effort. C'est du moins ce qu'il pense.

Il n'y a qu'une chose qu'il n'ait pas remarqué : combien ce produit d'exportation – le « sport » – transpire la rivalité et la compétition et combien sous le déguisement sympathique – maillot de corps et baskets – transparaît l'obsession d'évincer l'autre et de gagner. Gagner envers et contre tous. Contre la vie s'il le faut. En somme : toutes les options guerrières du cynisme économique.

Pour l'instant, notre jeune Américain, encore « inclus » dans son système d'origine et frappé par là même de cécité, ne décèle rien. Le « sport » permet d'être ensemble, voilà tout, et de jouer et de vibrer et d'oublier le supplice des méninges, l'horreur qu'il y a à ingurgiter tant de réponses à tant de questions qu'on ne s'est jamais posées ! Ah oui, comparé à la souffrance de « l'école assise », le sport est clément !

Voilà notre jeune homme devant les enfants dont le regard nous a enchantés tantôt. Il croit en dénombrer plus qu'ils ne sont. Du moins, il voit beaucoup plus de paires de jambes, beaucoup plus de paires de bras que le chiffre annoncé ne laisse prévoir, et il entend beaucoup plus de rires qu'il ne compte de rangées de dents ! Pourtant ils sont douze à peine – du vif-argent !

La spécialité de Marc dans les écoles américaines où il fait du bon travail est de secouer l'inertie des jeunes et surtout celle de leurs derrières habitués à peser, morts et lourds, sur des sofas. Il voit bien pourtant que la situation ici est bien différente, mais son potentiel de ressources apprises ne la prévoit pas. Un court instant, comme une brise, l'effleure l'idée d'apprendre d'abord de ces jeunes à jouer aux osselets, aux toupies, à ces jeux qu'il observait tantôt sur la place du village. Mais tandis qu'une instance en lui, lucide et perspicace, hésite et soupçonne l'absurdité de son entreprise, comme bien souvent, c'est la part « experte » de sa personne qui s'enfle et triomphe !

Il réunit donc la petite troupe autour de lui, explique les règles de la course, montre les jalons de la piste, son chronomètre incorruptible et son sifflet.

Même le podium est dressé pour le vainqueur : deux caisses superposées, flanquées de deux plus petites où prendront place par ordre d'arrivée le second et le troisième.

Les prix sont disposés sur une feuille de bananier : trois sacs de pop-corn – un très gros et deux moyens.

Voilà.

Tout est en place. Les enfants sont, après maintes contorsions acrobatiques, alignés en position de départ.

L'ordre règne.

Et voilà qu'à l'instant où retentit le coup de sifflet, les enfants bondissent en avant comme propulsés par des ressorts et détalent. Mais dans l'élan même du départ, leurs bras se sont grands ouverts et ils se sont saisi les mains !

Ils courent ensemble.

Dans un vent de poussière d'or.

Ils courent ensemble.

Cette histoire contient en germe d'autres histoires vraies et toutes celles qui ne le sont pas encore mais qui attendent d'éclore.

Les dieux de cendre et de sang, de mort et de fers croisés, les dieux de la compétition, de la rivalité, de la domination et de la guerre, qui peut nous obliger à les honorer ?

Partout où des mains se joignent et se rejoignent continue la plus vieille histoire de la nature et de l'humanité, la saga de la coopération et de la solidarité.

Sans relâche, de nouvelles mailles se nouent au filet qui nous retient de tomber dans l'abîme de l'inhumanité.

Christiane SINGER

Née à Marseille en 1943. Lectrice à l'université de Bâle, puis chargée de cours à l'université de Fribourg, elle se consacre aujourd'hui à des activités littéraires. Elle est l'auteur de plusieurs romans, notamment La Mort viennoise *(prix des Libraires 1979),* La Guerre des filles, Histoire d'âme *(prix littéraire Albert Camus 1989),* Les Sept Nuits de la reine *(2002), et d'un essai,* Les Âges de la vie *(1990). Conférencière, elle anime des stages dans la mouvance de la thérapie initiatique et du souffle selon Graf Dürckheim.*

Joëlle WINTREBERT

La journée de la guerre

« Nous avons inventé le bonheur »,
diront les derniers hommes
et ils cligneront de l'œil.

Friedrich NIETZSCHE

— Non ! Je vous en supplie, pas elle !

Murmure. Il n'a plus de cris. Trop de douleur. Sa voix s'est cassée. Dans sa bouche, le goût du sang, âcre, rouillé.

Le grand sans oreilles se penche sur lui. C'est le pire : il affecte d'être gentil. Il secoue toujours la tête d'un air affligé quand ses acolytes torturent.

— Pas elle ? dit sa voix douce. D'accord. Mais tu nous dois des réponses.

Idris s'agite dans ses liens. À quoi bon répéter pour la millième fois qu'il ne sait rien, qu'il ignore jusqu'au sens de leurs questions. Il répète, pourtant. De sa voix qu'ils ont cassée. Et son chuchotement a la force d'un cri.

Peine perdue. Ils se sont mis à trois. Devant lui, ils la violent. Sa fille, sa Leïda, son bébé, la chair de sa chair. Onze ans à peine.

Il voudrait être aveugle. Il voudrait être sourd. Il voudrait être mort. Jamais avant ce jour il n'avait imaginé la mort comme une délivrance. La fin de ce qui n'est pas supportable. Est-il lâche de souhaiter le néant ?

Il pleure, il supplie, il donne des salves de noms. Le grand sans oreilles consulte son terminal, il secoue la tête d'un air peiné.

Pas de répit pour Leïda. Pour son corps nu, désarmé,

souillé, pour sa perfection d'enfant que les acolytes commencent à détruire. Sanglots et hurlements, puis l'odeur atroce de la chair qui brûle. Et par-dessus tout, le regard de la petite, l'incompréhension dans ce regard.

Ils ont dit :

— Tu vas souffrir, Leïda. Et tu sais pourquoi ? Simplement parce que ton père ne veut pas nous parler. Veux-tu demander à ton père de nous parler, Leïda ?

Elle a demandé, demandé. Jusqu'en cet ultime instant où elle parvient à lâcher dans un souffle :

— Alors, tu ne vas pas me sauver, papa ?

C'est fini. L'un des acolytes pousse du pied le corps sanglant et boursouflé. Idris vomit, hoquette, on l'empêche de s'étouffer. Il ne mourra pas, non. Ils sont bien décidés à lui refuser l'oubli de la mort. Soins, perfusions, il sera maintenu jusqu'à la prochaine séance.

Gouffre noir. Il est libre, mais sa tête est une prison. Elle a capturé les images, les bruits, les odeurs de la mort. Idris ne peut s'en délivrer. Il a tout essayé pour éloigner de lui Leïda torturée. Jusqu'à la drogue. En vain. Alors, il s'est mis en chasse. Les siens ont triomphé. Les autres se terrent. Idris est la vengeance en marche. Seule la mort du grand et de ses acolytes rendra Idris à la vraie vie.

Gouffre noir. Idris les a trouvés. C'était presque facile. En six mois de captivité, ils lui sont devenus familiers. Eux et lui, c'est comme s'ils étaient devenus les deux faces d'une même pièce. Il a le sentiment de les connaître mieux que des proches.

Idris est la mort, leur mort. Passé les premiers instants de trouble, ils la regardent en face, sans ciller. Bourreaux. Mais pas juste cela. Ils n'ont aucun regret. Fanatiques, ils ont agi par conviction. Pour que leur cause triomphe.

Idris voudrait tirer. Il lève la main qui porte l'arme, il regarde cette main qui tremble, il se dit qu'il doit tirer pour venger Leïda torturée.

Sa main qui tremble.

Il pensait que ce serait facile, tuer. Des bribes de discours le traversent. Amnistie, spirale de la violence, nécessité du pardon. Paroles de politiciens. Il se souvient de son amertume, et comment il a secoué la tête : pas d'oubli, pas de pardon, non, ce serait assassiner Leïda une deuxième fois.

Et pourtant, il hésite. Il n'a pas plus accepté les mots de sa femme : le sang appelle le sang. Tuer ces hommes te rendra-t-il Leïda ? Devenir un chien de guerre, c'est te ravaler à leur rang, le plus misérable de l'humanité. Personne ne te demande d'oublier, ni de pardonner. Mais refuser de te venger quand tu en as le pouvoir, c'est permettre la paix.

Veux-tu la paix, Idris ? Ou libérer la bête sombre qui s'est tapie en toi ?

Et qui cogne, comme si son cœur se mettait soudain à battre en tous points de son corps. Idris vacille : le grand sans oreilles a peut-être lui aussi un enfant qu'on pourrait torturer ? Cette idée lui donne la nausée. Un instant, l'arme monte à sa tempe. Sa propre mort aussi permettrait la paix. Et comment vivre encore avec le souvenir de Leïda...

Sa main retombe, elle pend au bout de son bras, tout au bout de son corps. Dans les yeux des quatre hommes, l'incompréhension, le mépris. Idris se sent tellement plus fort, soudain. Refuser de tuer quand on en a le pouvoir, c'est donner la vie. Une autre toute-puissance. Qui lui donne un sentiment de triomphe.

On le réveille. À ses lèvres, un sourire. Lui fait écho celui d'une femme en blanc qui le regarde, debout dans la petite pièce aux tons bleutés. Son front porte encore la marque du casque-mémoire. L'esprit brouillé d'Idris s'éclaircit. La femme, c'est Betsy, son examinatrice ou, comme elle préfère se nommer elle-même, sa thérapeute.

Idris secoue la tête et parvient à se soulever sur un coude. Leïda, les bourreaux, cela semblait si réel... Sa gorge se serre. Idris a vingt-trois ans. Il n'a pas d'enfant mais Leïda est en lui, désormais. Il sait qu'il n'oubliera jamais son visage, sa peur, son horrible souffrance.

Il jette ses jambes hors du lit. Partir. Quitter ce musée des horreurs au plus vite. Mais sa tête tourne, il se sent faible comme un nouveau-né, il pleure.

À côté de lui, le matelas se creuse. Betsy. Son bras qui

enserre les épaules d'Idris. Sa joue, elle aussi mouillée de larmes, qui se joint à la sienne. Idris accepte le bercement. Les autres fois, il s'est arraché à l'étreinte. Aujourd'hui, il accepte la compassion de Betsy.

— Pourquoi ? dit-il d'une voix cassée. Pourquoi devons-nous supporter ça ?

— Tu le sais bien, pourquoi, chuchote Betsy. Nous n'avons pas trouvé d'autre moyen. La paix est à ce prix.

— Drôle de paix, s'il faut l'obtenir par une « Journée de la Guerre ».

— Nous sommes des survivants, Idris. Tout ce qui reste d'une humanité dévastée. La guerre est un luxe que nous ne pouvons plus nous permettre. D'ailleurs, nous n'en voulons plus.

Idris l'écarte, se lève, arpente le plancher bleu de la chambre à grands pas chancelants.

— Vous n'en voulez plus ? C'est quoi, ce que vous nous collez dans la tête ?

Bras croisés entre ses cuisses, buste voûté, teint cireux, Betsy semble une image de l'accablement.

— C'est la première fois que tu réussis l'examen, Idris. Je pensais que tu avais compris. Le but de cette journée. Et aussi que tu n'es pas le seul à souffrir.

Le garçon détourne son regard. Il n'aime pas Betsy, mais elle semble si fragile, soudain. Il éprouve un début de culpabilité. Bien sûr, il a compris. Jusqu'au Blitzkrieg, la transfusion de mémoire n'était utilisée que pour le plaisir. Les nouveaux dirigeants de l'Union ont décidé de s'en servir pour créer un électrochoc. Vivre la guerre une fois par an, c'est garder bien présente à l'esprit son horreur. Une façon de s'en vacciner. À condition de résister à la pulsion des représailles... Un transfusé oublie absolument qu'il se trouve dans un monde virtuel. Il devient l'homme, la femme ou l'enfant dont on lui transfuse un pan de la mémoire. Si le scénario est déjà écrit, la fin en reste ouverte. Le transfusé a toujours la liberté de terminer l'histoire. Celui qui risque le fragile équilibre de la paix pour la satisfaction d'une vengeance personnelle est considéré comme un danger pour la communauté. On l'envoie en « stage de ressourcement », autrement appelé le « Purgatoire ».

Idris a fait trois séjours au Purgatoire. Il a détesté ces instituts lumineux où les éducateurs ne se départent jamais de leur gentillesse. Idris n'était pas dupe. On le considérait comme un déviant qui devait trouver la ligne droite. Et tout était mis en œuvre pour y parvenir. Tests, exercices, projections, apprentissages, sport, le but était d'obtenir un conditionnement positif.

Terrible première fois. Son bracelet de contention l'empêchait de s'éloigner du Centre. Dès qu'il essaya de passer les limites du parc, il tomba, tétanisé. Il n'éprouvait aucune douleur. Simplement, ses membres étaient paralysés. Il ne pouvait même plus parler. Des infirmiers vinrent le ramasser. Lui qui ne tolérait aucune dépendance dut supporter deux jours durant d'être nourri et lavé de sa merde sans plus d'autonomie qu'un nourrisson.

Trois semaines passèrent, pendant lesquelles il se montra moins intelligent qu'un fauve, lequel est au moins conscient des limites de sa prison. Il finit par accepter l'enfermement, et il apprit. Comment répondre aux tests, comment se comporter lors des projections, comment se maîtriser dans les affrontements sportifs, comment gérer le tout petit espace de révolte qui lui était concédé.

Son premier séjour avait duré six mois. Idris échoua lors de la Journée de la Guerre suivante. Il avait vu, cette fois, le massacre de toute sa famille. La vengeance était irrésistible.

Le deuxième séjour au Purgatoire ne dura que six semaines. Idris avait appris. Cela ne l'empêcha pas de rechuter quand on lui transfusa les images de la femme aimée transformée en torche vivante. La guerre était une saloperie inacceptable. Seuls les lâches tendaient la joue pour qu'on leur balance une autre gifle…

Le troisième séjour d'Idris dura dix jours. Quand il sortit du Purgatoire, il avait réappris les larmes, et à pleurer sur lui et sur sa vie détruite. Il s'aperçut qu'il avait cessé de feindre. Il voulait sincèrement un monde où régnerait la paix.

Idris secoue la tête. Il a triomphé du Jour de la Guerre. Amère victoire. Qui contracte sa gorge, jamais il ne pourra l'avaler.

Mais que veux-tu pour ce monde, Idris ? Des enfants torturés ? Des familles détruites ? Des immolations par le feu ? Tu étais si content de ton choix, dans le monde de Leïda. Souviens-toi de ta joie, à l'instant de l'éveil. On t'a conditionné ? Mais tu n'étais que violence. Et si, enfin, tu vivais en paix avec toi-même ?

Idris secoue la tête. Sur le lit, Betsy se berce. Les yeux clos, elle chantonne une comptine. Idris tend l'oreille. « Trois souris aveugles » ? La thérapeute aurait-elle craqué ? Elle ne semble plus prêter la moindre attention à son patient. Il est vrai qu'il n'a plus besoin d'elle. Gêné par cette apparente déroute, Idris s'approche, tapote l'épaule de la jeune femme, prend une grande inspiration...

— Vous savez bien que j'ai compris, Betsy. Pardonnez-moi.

Il se hâte de quitter la pièce.

Dès qu'il ferme la porte, Betsy se redresse, essuie ses joues, va contrôler son apparence dans le miroir au-dessus du lavabo d'angle. Petite moue.

— Pauvre Anne-Élisabeth, lance-t-elle à son image aux yeux rougis. Il t'a donné du fil à retordre, celui-là.

De quoi te plains-tu ? Il est sauvé, non ? Un de plus qui s'ajoute à ton quota. Désormais, Idris sera un bon petit soldat de la paix.

Elle tapote ses paupières avec un peu d'eau froide et, de ses doigts écartés en peigne, repousse et gonfle les mèches égarées sur son front. Un coup d'œil à son poignet lui apprend qu'il est temps. Le patient suivant doit l'attendre : Héloïse, une jeune femme dont Betsy envie le calme et la sérénité et dont elle sait à l'avance qu'elle ne lui causera pas le moindre souci.

Soupir. Betsy se sent lasse, désenchantée. Jouait-elle tout à fait la comédie de l'accablement, il y a quelques instants ? Idris... Elle le comprend trop bien. S'il savait qu'elle est incapable de réussir le test ! Elle échoue à chaque Journée de la Guerre. Drôle de situation... Les dirigeants de l'Union l'ont admis, les meilleurs thérapeutes sont ceux qui sont capables d'éprouver les pulsions meurtrières de leurs patients. Évidemment, il faut qu'ils aient appris à canaliser leur violence. Ceux-là sont aussi les « chasseurs de mémoire ».

Betsy pose ses mains à plat sur ses joues. Geste de protection ? Engloutissement de ce visage qu'elle voudrait autre ? Nouveaux traits pour une nouvelle vie ? Vierge de souvenirs, mémoire purgée ? C'est ce que l'on promet à tous les chasseurs de mémoire. Avant que les atrocités ne pèsent tant que la raison bascule.

Incapable de se résoudre à quitter tout de suite l'abri de la chambre, à réaffronter la mort de Leïda vue par l'esprit d'Héloïse, Betsy s'allonge sur le lit. Dans l'odeur d'Idris. L'odeur de la peur et du chagrin. Elle blottit son nez au creux de l'oreiller. Cette odeur, c'est aussi la vie contre la mort.

Doucement, elle frotte sa tête. Idris, pas plus que ses autres patients, ne lui a demandé d'où provenaient les souvenirs qui sont transfusés. Il est plus confortable de s'imaginer dans un monde virtuel, avec des situations fabriquées. De se dire, au réveil : je ne suis pas le père de Leïda, c'est donc que cet homme n'a pas plus existé que sa fille. C'était juste une projection destinée à me guérir de ma propre violence.

Beaucoup se doutent de la vérité, mais c'est trop de poids : ils ne veulent pas savoir.

Betsy se retourne. Elle masse son sternum qui lui semble habité par une masse en fusion. Leïda et son père sont là, ils lui brûlent le ventre, c'est elle qui les a ramenés de son voyage sur l'autre continent.

Un océan tient à distance cet autre côté du monde dévasté. Dans l'Union, la plupart des gens ignorent ou feignent d'ignorer que la vie s'accroche encore, là-bas, sur quelques terres épargnées. Une vie terrifiante, régie par quelques-uns sous la loi du fanatisme et de l'intolérance.

Betsy a bien connu le père de Leïda. Au terme de quelques semaines de vie commune, elle a prélevé sa mémoire. Il est mort dans ses bras. Il avait tué les assassins de sa fille. À sa place, Betsy aurait tenu l'arme, elle aussi, et tiré sans faillir. Et pourtant… Elle avait mesuré si souvent que la vengeance est vaine et n'apporte que destruction.

Aujourd'hui, il lui suffit de fermer les yeux pour les voir

approcher. Elle est en train de ramasser du bois dans la friche à demi calcinée, derrière la petite maison. C'est un cliquetis qui l'alerte. Il est déjà trop tard. Le père de Leïda sort sur le seuil comme s'il s'offrait à la mort. Ils sont venus en troupe. Il en descendra deux avant d'être abattu à son tour.

Elle aimait cet homme. Elle s'est embarquée en secret dans l'heure qui suivait afin de ne pas succomber à son tour au démon. Elle rapportait au monde, à son monde, sa ration d'images atroces, le moyen de la paix.

Betsy aspire l'air comme une noyée. Le moyen de la paix. C'est ce qui rend ses actes supportables : elle marche, cette thérapie du Jour de la Guerre. Sur le continent de l'Union, ces dix dernières années, un équilibre s'est créé. Quelque chose qui ressemble au bonheur. Fragile, sans doute... Et Betsy tremble de penser que cet équilibre se produit aux dépens de ceux qui meurent, là-bas, dans des souffrances affreuses. Elle se dit que les dirigeants de l'Union pourraient intervenir. Qu'ils ont les moyens techniques de mettre hors d'état de nuire les chefs fanatisés de l'autre continent. Mais que deviendrait alors leur vivier d'images ? Sans la guerre des autres, comment transmuter l'horreur en paix ?

Betsy enfonce ses deux poings sous son sternum. Elle suffoque, presque incapable de respirer. Un jour, peut-être... Un jour, il n'y aura plus besoin de béquilles, les transfusions ne seront plus nécessaires, le concept même de guerre aura perdu son sens. Un jour...

En attendant, Betsy se lève. Sa tâche n'est pas finie. Tandis qu'elle accueille et couronne Héloïse avec le casque-mémoire, tandis qu'elle se connecte à son tour, elle s'exhorte au courage. Pour le père de Leïda. Pour que cet homme et sa fille ne soient pas morts en vain. Pour que la haine se transforme en acte d'amour.

Joëlle Wintrebert

Née à Toulon. Elle a dirigé Horizons du fantastique, *puis* Univers. *Critique littéraire et cinématographique, romancière, elle est l'auteur d'une vingtaine de livres, notamment* Les Maîtres-feu, Chromoville *et* Le Créateur chimérique – *Grand prix de la Science-Fiction française, 1989 –, parus aux Éditions J'ai lu (collection « S-F »). Elle a publié* Lentement s'empoisonnent *aux Éditions Flammarion (1999).*

Librio

338

Composition Interligne B-Liège
Achevé d'imprimer en Allemagne (Pössneck)
en juillet 2004 pour le compte de E.J.L.
84, rue de Grenelle 75007 Paris
Dépôt légal juillet 2004.
1er dépôt légal dans la collection : août 2003

Diffusion France et étranger : Flammarion